Karine Tuil

Schaumhochzeit

Roman

Gustav Kiepenheuer Verlag

Die Originalausgabe unter dem Titel
Du sexe féminin
erschien 2002 bei Plon, Paris.

Aus dem Französischen
von Ralf Pannowitsch

ISBN 3-378-00649-8

1. Auflage 2003

Einbandgestaltung gold, Kai Dietrich/Anke Fesel
Druck und Binden GGP Media, Pößneck
Printed in Germany

www.gustav-kiepenheuer-verlag.de

Das Schicksal, welches die Gesellschaft den Frauen gewöhnlich zu bieten hat, ist die Heirat. Noch heute sind die meisten Frauen verheiratet oder verheiratet gewesen, sie bereiten sich auf die Heirat vor oder leiden darunter, unverheiratet zu sein. Die Ledige definiert sich immer in Bezug auf die Ehe, egal ob sie beim Gedanken an diese Institution frustriert ist, ob sie aufbegehrt oder sogar gleichgültig bleibt.

Simone de Beauvoir, »Das andere Geschlecht«

AUSZUG AUS DER GEBURTSURKUNDE NR. 1085/1857

Am 6. April 1971 um 9.45 Uhr wurde Emma Blum, weiblichen Geschlechts, in Paris, zwölftes Arrondissement, geboren.

Eine alte Jungfer

An meinem dreißigsten Geburtstag entdeckte ich mit Schrekken, daß meine Mutter sterblich war: das Geheimnis der Familie war nun gelüftet. Ich saß morgens gegen acht in meinem Zimmer und las, als sie zu mir hereingestürzt kam; sie brüllte herum (Schreien war mittlerweile ihre einzige Ausdrucksform); sie beschwor die Seele meines Vaters und Gott den Allmächtigen, denn ich wäre jetzt eine »alte Jungfer«, eine »Schande« – »dreißig Jahre und immer noch nicht verheiratet«. Auf kurzen Beinen, die den Körper kaum tragen konnten, im geblümten Kleid, vor dem Bauch eine Schürze, die befleckt war vom Blut und Fett des Hühnchens, das sie eben ausgenommen hatte, kam sie zu mir herangehumpelt. Ihre Haare, die sie seit dem Tod meines Vaters nicht mehr färbte, waren fast durchscheinend geworden und so spärlich auf dem Kopf verteilt, daß ich den Schädel ausmachen konnte und das Ekzem, das darauf wütete – eine Reaktion der Kopfhaut auf die Ängste angesichts meiner Ehelosigkeit. Die Gesichtszüge meiner Mutter schienen ins Unmäßige zu wachsen: die Vene auf ihrer Stirn war angeschwollen und hatte eine violette Färbung angenommen. Rötliche Äderchen prangten auf der Nasenspitze und versorgten den Zorn mit Blut. Ihre Haut war purpurrot wie nach einer Ohrfeige. Wenn meine Mutter von Wut gepackt wurde (und das geschah oft), verwandelte sie sich in eine Harpyie, die man mit Worten nicht besänftigen konnte. Sie hob die rechte Hand – die sündige Hand, die an den Zeigern meiner biologischen Uhr rückte –, und in der linken hielt sie das Küchenmesser, mit dem sie gewöhnlich Fleisch schnitt. Aber nicht die Klinge bohrte sich in mich hinein, sondern der Groll meiner Mutter. Sie bohrte in den Tiefen meiner Seele und hoffte, dadurch meine intimsten Gedanken ans Licht zu zerren – o unreine Begierden, verbotene Träume, sündhafte Gefühle –; ich hingegen fesselte meine Phantasien, ich zog die Schnüre mit aller Kraft fest, ich wurde zum Opfer meiner eigenen Zensur. Die ärgsten Feinde unserer persönlichen Freiheit sind immer wir selbst. Und meine Mutter kratzte mit ihrer im Munde rollenden Zunge an den Unebenheiten meiner Seele, sie spuckte eine Flut von Wörtern aus: eine »undankbare Person«, ja, das sei ich, eine »Egoistin«, eine »leichtsinnige Frau«, die »wie ein Mann« lebe.

Die Schneide ihres Messers stand so dicht vor meinem Gesicht, daß ich darin mein verzerrtes Spiegelbild sah – das Bild, wie es der kritische Blick meiner Mutter auf mich zurückwarf. Mit der waffenbewehrten Hand fuchtelte sie mir unterm Kinn herum; sie ließ das Messer mit der Geschicklichkeit eines Fleischers wirbeln, der sich anschickt, die Halsschlagader eines Tieres zu durchtrennen. Und dennoch fürchtete ich nichts! Sie würde mir nichts zuleide tun! Wünschte sie denn nicht mein Glück? Wie konnte ich mich dem ehelichen Glück nur versagen? (O Freude, den Namen eines Mannes zu tragen!) Dem Familienglück! (O Freude, ein Kind im Leib zu tragen!) »Denn du bist jetzt dreißig, Emma, du lebst allein, du wirst welk werden!« Ja doch, meine Gesichtshaut wird erschlaffen, lange Fältchen werden sich in meine Haut ritzen, die Zeit wird meine Stirn zerfurchen und den heiligen Bund mit dem Tod besiegeln; meine Hormone werden sich zersetzen, und ich werde keine Kinder mehr bekommen können. »Die Zeit drängt, Emma, du mußt endlich heiraten« – der geheiligte Befehl, den die Frauen von einer Generation an die nächste weitertragen.

Mit den Jahren hatte ich gelernt, mich zu beherrschen, ich tat, als würde ich ihr zuhören, ich trällerte im stillen eine Melodie, intensiv genug, um das Geschrei meiner Mutter zu übertönen; aber meine innere Heiterkeit besänftigte sie nicht, ganz im Gegenteil. Sie behauptete, ich wolle sie herausfordern, und ihre Vorhaltungen wurden gleich noch einmal so heftig. Sie tobte: »Wie kannst du es wagen, mir solche Schande zu bereiten? Was habe ich Gott denn bloß getan? Womit habe ich eine solche Tochter verdient?« Dann, mit dem plötzlichen Handgriff eines Taschendiebes, riß sie mir mein Buch aus den Händen. »Das Buch Hiob!« schrie sie. »Das also liest meine Tochter, meine Tochter von dreißig Jahren!« Dabei schüttelte sie das Buch mit solcher Heftigkeit, daß man hätte annehmen können, sie wolle die Wörter darin ins Rutschen bringen und die Buchstaben losreißen, sofern es nicht mein Geist war, welchen sie mit dieser Geste von unmoralischen Gedanken zu entleeren versuchte. Und während sie herumtobte, psalmodierte ich im stillen die Bibelworte, die ich auf mich passend gemacht hatte: »Warum hat die Nacht nicht verschlossen die Tür des Leibes meiner Mutter und nicht verborgen das Unglück vor meinen Augen? Warum bin ich nicht gestorben von Mutterleib an? Warum hat man mich auf den Schoß gesetzt, warum bin ich mit Brüsten gesäugt?« Die Brüste meiner Mutter, ein weiches Land, in das ich mit dem Gesicht so gern hineingetaucht war, erhoben sich heute wie eine Festung zwischen uns.

»O mein Gott«, sagte sie flehentlich und zog dabei an ihren Schürzenzipfeln, »könntest du dir nicht etwas *Erfreulicheres* zum Lesen suchen?« Als bewanderte Leserin hatte meine Mutter den *Reader's Digest* abonniert und vergrub sich jede Woche mit einer Konzentration, die mich perplex machte, in *Nous Deux*: Aber waren die Liebesabenteuer ihrer Papierhelden, mittelmäßiger Komödianten, die in ihre Schubkästchen eingezwängt blieben, für sie nicht das beste Ventil für die Banalität des Alltags? Sie umkreiste mich und ließ ihrem Kummer in einem Laut, der fast ein Schrei war, freien Lauf. Mit ihrer rauhen Stimme, die verschiedene Familientragödien heiser gemacht hatten, hämmerte sie auf mich ein: »Bis wann willst du allein bleiben?«

Ich begnügte mich damit, ihr zuzuhören (denn was hätte

ich antworten sollen?); schließlich stellte ich mir diese Frage mehrmals am Tage selbst, wie ein Folterknecht, der mit Gewalt ein Geständnis erpressen will: Emma, wie lange willst du noch allein bleiben? Wie lange wird dein Körper noch im allzu großen Bett herumliegen – allein; wie lange noch das Abendessen vor dem Fernseher – allein; die Urlaubszeit, jene schreckliche Prüfung in aufgezwungener Einsamkeit – allein; die großen Festtage – allein; der wöchentliche Einkauf im Supermarkt – allein; und, am schlimmsten, die Krankheiten – allein! allein! allein! allein! allein husten, spucken, weinen, leiden.

»Bis wann?« hakte meine Mutter nach.

Wenigstens war der Folterknecht diesmal nicht ich.

Sie legte ihr Messer auf den Wohnzimmertisch und baute sich vor mir auf: »Aber wirklich, du bist nicht normal! Alle jungen Frauen wollen heiraten und Kinder kriegen!«

»Nein, Mama, alle Mütter wollen, daß ihre Töchter heiraten und Kinder bekommen.«

Ihr Körper straffte sich. Mit einer brüsken Bewegung führte sie die Hand übers Gesicht, das nicht geschminkt war, eine Geste, die sie häufig vollführte und die ihre ganze Ohnmacht ausdrückte. Unter dem Druck des Handtellers legte sich die Gesichtshaut in Falten, die Lider knautschten, die Nase flachte leicht ab, und die buschigen Brauen zogen ein Dach über die Augen. Ich zuckte zusammen: es schien mir, als hätte sie die Totenmaske meines Vaters über ihr Gesicht gehalten; allein der Luftstrom, der ihren Lippen mit Mühe entwich, erinnerte mich noch daran, daß ich eine durchaus lebendige Person vor mir hatte. Während des Zusammenlebens mit ihrem Ehemann war meine Mutter ihm immer ähnlicher geworden; Mimikry war das Ferment ihres Ehelebens gewesen. Eine Wimper löste sich von ihrem linken Lid und nistete sich auf dem schwarzen Rand unterm Auge ein; ich streckte meine Hand aus, um diese Wimper zu entfernen, aber meine Mutter packte mich beim Handgelenk. Ich spürte einen Schmerz, als hätten sich Fangzähne in mein Fleisch gebohrt. Ich starrte wie gebannt auf die Wimper, die mir als Symbol für die Zärtlichkeiten meiner Kindheit stand. Damals war Mutter jeden Abend in mein Zimmer gekommen, hatte sich auf den Bettrand gesetzt und ihr Gesicht dem meinen genähert. Ich hatte gespürt, wie ihre Wimpern über meine Wangen strichen – »wie die Flügel von einem Schmetterling«, hatte sie gesagt – und wie sich ihre Nase an meiner Nase rieb. In jenen Jahren hatte unser Hautkontakt noch nicht diesen Abraspel-Effekt gehabt.

Jetzt machte sie einen Schritt auf mich zu und lockerte den Druck ihrer Finger.

»Du bist dreißig Jahre, Emma! Dreißig Jahre!« wiederholte sie und ließ dabei das »d« langsam gegen das »r« prallen; es war, als würde sie mit diesem Aneinanderschlagen von Konsonanten meinen Körper ins Leere stürzen.

»Ich weiß, Mutter, und heute ist mein Festtag.«

»Da gibt es nichts zu feiern«, sagte sie barsch. »Um einen Geburtstag zu begehen, muß man Grund zur Freude haben, aber worüber solltest du dich freuen? Vielleicht darüber, daß du immer noch unverheiratet bist in deinem Alter?«

Ihre Bemerkung war mir gleichgültig. Gleichgültig wie überhaupt alles, was sie über das Heiraten, über Ehelosigkeit, Zeugung und all die Unterrichtsgegenstände sagte, die sie unter dem wachsamen Auge ihrer eigenen Mutter auswendig gelernt hatte und mir nun als gewissenhafte und fleißige Schülerin herbetete. Sie sagte ihren Text auf, ohne ein Wort zu vergessen, ohne die Satzzeichen zu ändern oder auch nur die Zeitform – denn wer hätte es gewagt, die Familiengrammatik zu verfälschen? –, sie manipulierte die Befehlsform, hängte den Ausrufezeichen Waffen um und zählte die Artikel des Gesetzes der Mütter auf, das in vieler Hinsicht dem göttlichen Gesetz ähnelte. Denn meine Mutter besaß die Kennzeichen eines Gottes: sie war allgegenwärtig und allwissend.

ICH BIN EURE MUTTER, UND IHR SOLLT KEINE ANDERE MUTTER HABEN NEBEN MIR.

Als anspruchsvoller und frauenfeindlicher Legislator hatte sie Gesetze erlassen (und bis ins kleinste ausgearbeitet!), deren Grundprinzipien Liebe zu den Seinen, Selbstverleugnung und Aufopferung hießen. Einen nach dem anderen hatte sie die Paragraphen abgefaßt, ohne jene zu konsultieren, die sie mit eiserner Hand regierte, nämlich meinen Bruder Paul, der zwei Jahre nach mir zur Welt gekommen war, und mich – die Untertanen in ihrem Königreich und die unmittelbaren Opfer des Regimes, das sie im Namen der Liebe errichtet hatte. Schon bei unserer Geburt hatte sie uns ihre Gebote, die von der Bibel abgepaust waren, in die Seelen graviert:

AN DIE EINZIGARTIGKEIT DER MUTTER GLAUBEN.
DIE MUTTER LIEBEN.
DIE MUTTER FÜRCHTEN.
DER MUTTER DIENEN.
DIE GESELLSCHAFT DER MUTTER SUCHEN.
DEN NAMEN DER MUTTER HEILIGEN.
DIE MUTTER EHREN.

Zu diesen allgemeinen Pflichten kamen noch jene, die sie den Individuen weiblichen Geschlechts vorbehielt:

HEIRATEN.
SEINEN EHEMANN ACHTEN.
KINDER ZEUGEN.
SICH DEM HAUSHALT WEIHEN.

Als strenge Richterin brachte sie ihr Gesetz mittels eines ganzen Arsenals moralischer Sanktionen zur Geltung. Alles hatte seine Wirkung bewiesen: Erpressung, Drohungen, Gleichgültigkeit. Körperliche Gewalt hatte sie sich indessen versagt. Niemals hätte sie den Leib ihrer Kinder geschlagen, diesen heiligen, geweihten Ort, niemals hatte sie uns ein Haar gekrümmt.

Ich erlitt – ja, erlitt! – dieses familieneigene Gesetz, das die Frauen geringschätzte und die Macht der Männer verherrlichte.

Wir unterwarfen uns dieser Barmherzigen Mutter, die uns in ihrer unendlichen Güte geschaffen hatte. »Vergeßt nie, woher ihr gekommen seid!« hatte sie uns ans Herz gelegt.

Jetzt rief mich ihre dröhnend dunkle Stimme zur Ordnung: »Hör doch zu, wenn ich mit dir rede!«

Ich antwortete mit einem Lächeln, das nicht bloß ein leichtes Anspannen der Kiefer war, nein, ich lächelte sie geradeheraus an, so daß meine weißen Zähne zu sehen waren und die Zungenspitze. Sie starrte mich an und zog dabei den oberen Teil ihres Gesichts krampfhaft zusammen. Vergangenheit, Gegenwart und Zukunft meiner Mutter waren nicht aus den Linien ihrer Hand abzulesen, sondern aus den Falten auf ihrer Stirn.

»Mach dich nicht lustig über mich!« schrie sie.

Ich verstand den Sinn ihrer Bemerkung nicht: nicht über sie machte ich mich lustig, sondern über mich selbst. Mit dreißig akzeptierte ich es immer noch, daß sie mich wie ein kleines Mädchen behandelte.

»Ich hatte dich ja gewarnt: Heirate, ehe es zu spät ist! Warum sollte sich ein Mann in deinem Alter eine Dreißigjährige aussuchen, wenn er ein junges Mädchen von neunzehn kriegen kann? In ein paar Jahren werden nur noch drei Kategorien von Männern für dich übrigbleiben: Geschiedene, Witwer und schizophrene alte Junggesellen.«

»Du vergißt die verheirateten Männer, Mutter.«

»Ein verheirateter Mann? Bist du verrückt geworden?«

Verrückt war ich aber schon. Seit mehreren Jahren war ich die heimliche Geliebte von Jules, einem zweiunddreißigjährigen Mann, verheiratet und Familienvater. Jules, den meine Mutter kannte, seit er fünfzehn war, und mit dem sie mich so lange hatte verheiraten wollen, bis sie ihn schließlich in die Flucht geschlagen hatte. Was für eine Idee, einem kaum mannbaren Jugendlichen die Ehe anzutragen! Jules, mit dem ich, ihren vorwurfsvollen Worten zufolge, »meine Zeit verlor«, den sie verdächtigte, mich »mißbrauchen« zu wollen, wo man doch eher sie selbst wegen Mißbrauchs zur Verantwortung hätte ziehen müssen – denn hatte sie sich nicht an allen meinen Freiheiten vergangen?

»Ich bin die Mätresse von Jules, Mutter«, murmelte ich, und gleich fiel mir die Absurdität des Wortes »Mätresse« auf, in dem doch mitschwang, daß man irgendeine Herrschaft ausübte, während ich mich unterworfen und abhängig fühlte, erniedrigt von dieser Liebe, durch die aus mir geworden war, wovor ich mich stets gefürchtet hatte: eine Frau, die den Wünschen eines einzigen Mannes völlig ergeben ist.

»Jules Carel?« fragte meine Mutter.

»Ja«, entgegnete ich.

Ein lastendes Schweigen machte sich zwischen uns breit. Wir rührten uns nicht vom Fleck, sagten kein Wort. Als stille Zuschauerinnen unserer selbst warteten wir darauf, daß der Vorhang aufging. Dann ließ meine Mutter ihre blutbespritzte Schürze auf den Parkettboden gleiten – die Schauspielerin betrat die Bühne – und setzte zu ihrem Monolog an:

»Jules aber das ist doch unmöglich er ist ja verheiratet und Vater zweier Jungen und übrigens habe ich ihn erst gestern gesehen mit seiner Frau und seinem Ältesten dem der sieben Jahre ist mein Gott ist der schön und sie kamen gerade aus dem Kino am Boulevard Saint-Germain du weißt ja er wohnt im sechsten Arrondissement ich hatte da nämlich einen Termin bei Doktor Legrand wegen meiner Organsenkungen und seit dein Vater tot ist habe ich auch unwillkürliche Urinabgänge von meinem starken Herzklopfen und den Schwindelgefühlen gar nicht erst zu reden du warst ja nicht da als ich dieses schreckliche Unwohlsein hatte im Supermarkt beim Obst- und Gemüsestand und jedenfalls da sehe ich sie ich glaube sie hatten sich den Film angeschaut von dem du mir erzählt hattest der mit Marlon Brando mein Gott ist der dick geworden er war so was von schön in seinen jungen Jahren und ich finde trotzdem das ist kein Film für Kinder und ich schwöre dir da wirkte Jules verliebt ja es sah so aus als würde er seine Frau bei der Hand halten aber ganz sicher bin ich nicht vielleicht hat er bloß den Arm um sie gelegt wie es die Männer alle machen wenn sie nicht wissen wohin mit den Händen und sie haben gelacht ja ich habe sie lachen hören ich habe gesehen wie sie gelächelt hat als Jules gesagt hat ›Hallo Nina‹ er hat mich beim Vornamen genannt wo er doch weiß daß ich das abscheulich finde das schickt sich einfach nicht und ich hatte schon befürchtet er würde mich duzen vor seiner Frau ...«

»Sei doch still!« rief ich.

Wenn meine Mutter die Kontrolle über eine Situation verlor, redete sie, ohne Luft zu holen, und konnte stundenlang so weitermachen, wenn niemand sie unterbrach; diese endlosen Monologe, aus denen sich jeder Sinn verflüchtigt hatte, dienten ihr als Zufluchtsort. Sie schien von der Heftigkeit meines Ausrufs überrascht und schwieg jetzt tatsächlich. Einen Augenblick lang standen wir uns so gegenüber, eingemauert in unser Schweigen.

Meine Mutter musterte mich von den Füßen bis zum Kopf – es war ein wohlwollender Blick –, und ich dachte, sie würde mich beruhigen, mich an sich drücken, mir ein Wiegenlied singen:

Heia, heia Ninett,
heilige Elisabeth,
schlafen soll mir dieses Kind,
bis zwanzig Jahr verflossen sind.
Aber dann laß es erwachen
Und geschwinde Hochzeit machen.

Hatte sie sich mit diesem Lied, das sie mir in meiner Kindheit leise vorgesungen hatte, nicht schon darangemacht, mein Gehirn zu waschen, so wie man aus schmutziger Wäsche die Flecken entfernt? War sie nicht jene Stimme des Gewissens, die die ewigen Werte der Familie pries? Mit wie vielen Männern hatte sie mich vereinigen wollen? Einer gab dem anderen bei uns die Klinke in die Hand, kleine und große, haarige und kahle, schlanke, dicke, braune, blonde, rothaarige; Söhne ihrer Freundinnen, Zufallsbekanntschaften: für jeden Geschmack war einer dabeigewesen, außer für meinen. Doch für jeden möglichen Ehemann, dem sie mich vorstellte, nahm ich mir einen wirklichen Liebhaber.

Als sie den Mund wieder auftat, brachte sie ihre Vorwürfe heraus wie ein Staatsanwalt, der die Anklageschrift verliest:

»In deinem Alter haben die meisten Frauen schon geheiratet und sind Mütter.«

»Und sind sie deshalb glücklicher als ich?«

»Zumindest haben sie gewisse Bedingungen fürs Glücklichsein erfüllt: sie haben einen Mann und Kinder. Wie könntest du glücklich sein? Schau dich doch mal an: du lebst allein, du bist ledig, du gehst alle Abende mit Männern aus, die ich nicht mal vom Namen kenne – weiß Gott, ob sie überhaupt Juden sind! –, du hast einen Männerberuf ...«

»Ich habe keinen Männerberuf.«

»Lektorin in einem Verlag, der auf erotische Literatur spezialisiert ist! Das ist kein Beruf für eine seriöse junge Frau!«

»Ich mache nichts als ...«

»Was glaubst du, was den Männern im Kopf herumgeht, wenn sie deinen Beruf erfahren?«

»Ich ...«

»Sei still und laß mich ausreden! Ich will dir sagen, was sie dabei denken: sie fangen an zu phantasieren! Und glaube mir, Emma, solche Tagträume sind die Phantasiereiche der Impotenten!«

»Ich kann dir versichern, daß ich mit Männern überhaupt keine Probleme habe.«

»Siehst du denn nicht, daß du ihnen angst machst mit deinem Wunsch nach Unabhängigkeit und deinen feministischen Forderungen?«

»Ich fordere gar nichts.«

»Wie bitte?! Aber du verbringst deine Zeit damit, Rechte

geltend zu machen, von denen ich nicht mal weiß, daß es sie gibt!«

»Wovon redest du denn nur?«

»Von deinem prozeßwütigen Charakter. Hast du nicht letztes Jahr einen Verleger wegen sexueller Belästigung angezeigt, bloß weil er dich ein paarmal zum Abendessen eingeladen hat? Hast du nicht dafür gestreikt, genauso bezahlt zu werden wie deine männlichen Kollegen? Hast du nicht ...«

»Die Rechte der Frauen werden durch Gesetze geschützt; ich tue ja nichts, als diese Gesetze anzuwenden.«

»Aber wirklich, Emma: das einzige Gesetz, das das Leben einer Frau bestimmt, ist das biologische!«

»Das biologische Gesetz kennt nur ein Recht – das Recht, Mutter zu werden. Dich hätte die Natur davon ausschließen sollen. Was mich angeht, werde ich es jedenfalls nicht in Anspruch nehmen: Ich will keine Kinder.«

Als sie diesen Satz vernommen hatte, schüttelte sie den Kopf, um ihren Ärger zu zeigen. Nur solche Gesten des Unwillens verbanden uns noch. Mal war es eine Pantomime, mal ein Ballett drohender Finger, unterlegt mit kleinen schrillen Schreien. Unsere Freiheiten gerieten in Konflikt zueinander: ihr Recht auf freie Meinungsäußerung kollidierte mit meinem eigenen. Und wir mußten uns für unsere Gesetzesübertretungen verantworten, für Beleidigungen und Diffamierungen. Allein Schläge und Verwundungen waren ausgenommen.

Als sie die Hand zum Herzen hochriß und ihr Gesicht sich verzog, glaubte ich, sie würde schon wieder irgendein Drama aufführen – meine Mutter war nämlich eine große Tragödin, ausgebildet in der familieneigenen Schauspielschule, denn reproduzierte sie nicht, was sie früher selbst erlitten hatte? Aber an jenem Tag spielte sie nicht: sie lag tatsächlich im Sterben, hier, unter meinen Augen, ihr Körper wand sich, ihr Gesicht wurde fahl, ein Speichelfaden rann ihr zwischen den Lippen hervor. Ich verstand überhaupt nichts von Erster Hilfe – weshalb war Paul nicht zur Stelle? Ich rief die SMH an, kniete mich neben meine Mutter, fuhr ihr sanft über die Stirn und besprenkelte sie mit Kölnischwasser. Auf ihrem Gesicht zeichnete sich eine Landkarte der Tränen ab. Tiefe Falten zogen sich dort wie Wasserläufe entlang, durchfurchten das bröckelnde Erdreich, fingen die salzigen Wasser auf. Meine Mutter stieß leise Wehlaute aus und murmelte: »Ich sterbe!«, ein Satz, den ich schon lange nicht mehr beachtete, so oft hatte ich ihn gehört. Seit fünfundzwanzig Jahren war sie am Sterben! Als mein Bruder und ich Kinder waren, hatte sie uns damit gedroht und mehrmals täglich ihre eigene Todesanzeige verkündet. Schon die kleinste Verärgerung brachte diesen verdammten Satz: »Ich sterbe!« hervor. Ich huschte nachts zu meiner Mutter ins Bett. Ich klammerte mich an sie, wenn sie mich im Kindergarten absetzte. Ich folgte ihr überallhin. Ich interpretierte all ihre Wehwehchen, Lendenschmerzen, Migränen, Anginen, als schlimme Vorzeichen. Während die anderen Kinder meines Alters sorglos spielten, lebte ich ständig in der schrecklichen Angst, meine Mutter zu verlieren. Jeden Morgen beim Aufstehen fürchtete ich, ihren kleinen Körper eiskalt und zusammengekrümmt im Bett vorzufinden, ganz wie sie es den Abend zuvor prophezeit hatte; aber nein, immer wieder stand sie da in ihrer fleckigen, um die Taille geknoteten Schürze. Die einzigen Toten im Haus lagen auf dem Küchentisch, es waren Tierleichen – ganze Hühner, Rippenstücke vom Rind, Kalbsnieren –, die sie fürs Abendessen zerlegte, denen sie die Köpfe abschnitt, die Knochen zerkleinerte, mit bloßen Händen die Eingeweide herausriß. Eins nach dem andern spülte sie die blutigen Fleischstücken unterm kalten Wasserstrahl ab. Sie drückte, schabte am Fleisch herum, ließ das unreine Blut heraus; in die Ausführung dieses Rituals steckte sie eine solche Energie, daß man hätte glauben können, sie wollte so die Unreinheit ihrer Seele fortwaschen. Unter ihren geschwollenen, wassergebleichten Fingern ließ das Fleisch eine rötliche Flüssigkeit heraus wie ein stark eingefärbtes Wäschestück, das man in kochende Seifenlauge taucht.

Vom lebhaften Rot blieb nichts als ein vager Schimmer. Das Fleisch schwamm Stunden im sudeligen Wasser, dann zog meine Mutter es aus der Waschwanne und befreite es von seiner Unsauberkeit, wie eine Hebamme den Körper eines gerade in die Welt gestoßenen Neugeborenen säubert; sie rieb und kratzte. Das Blut ablaufen zu lassen, hieß den Tod aus dem Weg zu räumen. Sie hüllte das Fleisch in ein frisches Geschirrtuch, damit der Stoff die letzten Reste Blut aufnahm. Schließlich streute sie Salzkörner übers Fleisch: Es werde gereinigt! Es werde gereinigt! Das Weiße schmolz im Roten. Die Körner drangen ins Fleisch ein, setzten sich fest. Es werde gereinigt! Und meine Mutter tat noch und noch eine Prise Salz hinzu, wie ein Mörder Schaufeln von Erde auf die blutende Leiche seines Opfers wirft. Sie rieb und rieb. Es werde gereinigt! Das Scheuern der groben Salzkristalle gegen das aufgeweichte Fleisch ließ mich erzittern. Aus jenem Kampf zwischen Reinheit und Unreinheit ging ein geruchloser Gegenstand hervor, der die Struktur weichen Leders hatte und die Farbe von geronnenem Blut. Ich beobachtete meine Mutter, wie sie mit einem Ruck die inneren Organe des Hühnchens ausriß – kleine schmierige Teile, die sie voller Entzücken abtastete, ehe sie sie ins Feuer warf. Mit der Präzision eines Chirurgen schnitt sie Fischen den Kopf ab. Auf diese Weise opferte sie Dutzende Tiere auf dem Altar unseres Eßtisches – Sühneopfer für unsere eigenen Verirrungen. Stundenlang und im Stehen wirkte sie in ihrer Küche, schälte Gemüse, knetete den Teig durch, aus dem sie Brot und Gebäck für die Abwesenden buk, wirbelte den Rührbesen und entbeinte Hühnchen mit übermenschlicher Kraft. Ja, diese Frau war unsterblich. In meiner Jugend war ich zu dem Schluß gekommen, daß der Tod nur eine Erfindung meiner Mutter war, mit der sie uns ängstigen wollte, eine Art aus Resten zusammengestückelter Großer Böser Wolf. Meine Mutter hatte das Exil, Krankheiten und Trauerfälle durchgestanden. Sie hatte den Tod ihres Mannes verwunden und den von zwei Neugeborenen, zwei

Söhnen. Selbst als ich sie jetzt auf den kalten Küchenfliesen liegen sah, ganz zusammengekauert, mit halbgeschlossenen Augen, die Arme von Zuckungen umhergeworfen, glaubte ich nicht einen Augenblick, sie könnte sterben; sie war schließlich zu allem fähig, auch zu einem simulierten Herzinfarkt, der mich rühren sollte. Erst die Notärzte machten mir klar, wie ernst es war. Nachdem sie Erste Hilfe geleistet hatten, fuhren sie sie mit Blaulicht ins Krankenhaus. Im Rettungswagen teilten sie mir mit, dieser Infarkt könne meine Mutter das Leben kosten. Ich entdeckte, daß meine Mutter sterblich war. Wie an den ersten Tagen der Schöpfung fielen mir die Schleier von den Augen. Ich war der Erkenntnis teilhaftig geworden.

Das Opfer einer Mutter

Im Wartesaal des Krankenhauses stellte ich mir vor, die Ärzte würden mir den Tod meiner Mutter verkünden. Ich sann über den brutalen Übergang vom Präsens ins Präteritum nach, über diese Abwandlung der Konjugation, die meine Mutter aus dem Kreis der Lebenden ausschließen würde. Doch würde sie mich selbst dann so wenig in Ruhe lassen, daß ich getrost das Präsens wagen durfte. Selbst als Tote würde sie von mir verlangen, daß ich ihren Wünschen gemäß handle. Sind denn Kinder nicht zu dem einen Zweck geschaffen, die Forderungen ihrer Eltern auszuführen, so wie man sich den Anweisungen Gottes beugt? Eine Schar von Fragen bestürmte mich, glitt verstohlen in die Maschen meines Gehirns wie eine Armee von Parasiten. Was in diesen Fragen stand, ließ mich erschrecken. Ich fragte nicht: »Lebt sie noch? Leidet sie? Wird sie irreparable Schäden davontragen? Was könnte ich ihr mitbringen, Pralinen, Zeitschriften? Wer wird sich um sie kümmern?«

Nichts davon. Eine Stimme hämmerte: »Wer wird mein Frühstück zubereiten? Wer wird mir die Post hochbringen? Wer soll meine Medikamente sortieren? Wer meine Wäsche waschen und wer meine Wohnung aufräumen? Wer wird meine Blusen bügeln? Wer wird mir das Abendessen kochen? Wer soll die Einkäufe erledigen? Wer wird mich pflegen, wenn ich krank bin?« Ich dachte nicht an ihre Zukunft, sondern an meine – ich war ein undankbares und selbstsüchtiges Kind. Bisher hatte ich ja immer bloß empfangen, jetzt hieß es, etwas zurückzugeben. Wie sollte ich die ursprüngliche Liebe zurückerstatten, jene, die keine Grenzen kennt, keine

Bedingungen? Die Ordnung der Welt war auf den Kopf gestellt, und die mütterlichen Pflichten oblagen nun mir: ich würde mich um meine Mutter kümmern, sie unter meine moralische Autorität stellen, ihr Vormund werden. Ich würde für meine Mutter verantwortlich sein – ich, die ich niemals für mich selbst verantwortlich gewesen war! Sie hatte die mich betreffenden Entschlüsse stets selber gefaßt und mich nicht um meine Meinung gebeten; wußte sie nicht *instinktiv*, was mich erblühen ließ und was meinen Untergang verursachen würde? Sie probierte mein Leben, wie eine Mutter erst von der heißen Suppe kostet, ehe sie den Löffel ihrem Kind in den Mund schiebt. Was sie mir anzubieten hatte, war mir allerdings fade, kalt und geschmacklos vorgekommen. Ich, die ich stets in ihrer Abhängigkeit gelebt hatte, sollte jetzt gezwungen sein, in ihrem Namen zu handeln wie ein junger Monarch, den man auf den Thron gestoßen hat. Aber nein! Sie würde nicht sterben! Sie hatte kein Recht auf Krankheit! Mütter sind verpflichtet, am Leben zu bleiben! Sie sind zum Weiterleben verdammt! Ihre Kinder verlangen ihnen dieses Opfer ab. Selbstmord und Krankheit sind den Müttern untersagt. Sie jammern nicht und schütten ihr Herz nicht aus, sie hören zu und stehen ihren Kindern bei, ewige Marteropfer der Liebe. Mütter haben keine Rechte; sie haben nichts als Pflichten. Keine Institution schützt sie, kein Gesetz garantiert ihre Freiheit. Wenn die Kinder ihnen gegenüber Verpflichtungen haben, so sind es nur Geld- oder Ernährungspflichten. Mütter weihen ihre Existenz der Fleischwerdung einer Liebe, für die sie niemals den Gegenwert erhalten. Ich forderte diese Liebe für mich ein – verwöhntes, nicht zufriedenzustellendes Kind! Wie das Geld verschafft auch die Mutterliebe demjenigen Macht, der über sie verfügt. Niemand kann je genug davon bekommen. Und wer in seiner Kindheit zu sehr geliebt wurde und dann, als Erwachsener, vernachlässigt wird, gleicht einem Rentier, der sein ganzes Geld beim Glücksspiel verloren hat.

Nein, meine Mutter würde nicht sterben! Das hatte ich so beschlossen.

Als der Arzt auf mich zukam, hielt ich den Atem an. Sein feingeschnittenes, langliniges Gesicht stand in merkwürdigem Gegensatz zu seinem stämmigen Hals, an dem ein Hautlappen herabhing, wie man ihn bei manchen Hunderassen antrifft. Er kniff die Augen so sehr zusammen, als wollte er mich durch ein Nadelöhr beobachten.

»Ihrer Mutter geht es gut«, sagte er so kalt, als hätte er mir ihren Tod verkündet.

Ich wußte nicht, ob ich dazu lächeln oder eine betrübte Miene machen sollte, ich hatte den Sinn fürs Schickliche ganz eingebüßt. So spannte ich bloß die Gesichtsmuskeln an, um jede Gefühlsregung zu verwischen. Der Arzt tat noch einen Schritt auf mich zu und legte mir die Hand auf die Schulter. Durch die Maschen meines Pullovers spürte ich seine warmen Fingerkuppen.

»Sie wird aber nie wieder so sein wie früher«, fügte er in feierlichem Ton hinzu.

Ich hörte gar nicht mehr hin. Ich dachte bloß noch an seine Finger auf meinem Körper, diese Arztfinger, die für nichts anderes geschaffen waren als fürs Abtasten geschundenen Fleisches.

»Sehr gut«, entgegnete ich mechanisch.

Meine Antwort schien ihn zu überraschen. Sogleich nahm er die Hand von meiner Schulter, trat einen Schritt zurück, und dann, ohne sich zu verabschieden, suchte er das Weite und ließ eine Wolke von Äther hinter sich.

Sie wird nie wieder so sein wie früher: Sie wird die Zügel lockern, die mich mundtot machen. Sie wird mich nicht mehr bedrängen. Mich nicht mehr überwachen. Ich kann kommen und gehen, wann ich möchte, sie wird die Grenzen öffnen zwischen mir und den anderen. Die Wörter werden aus meinem Munde strömen, ohne daß die mütterliche Zensur sie noch filtert.

Und wirklich sollte nichts mehr wie früher sein.
Alles wurde schlimmer.

Nachdem sie die Augen aufgeschlagen hatte, lautete ihr erster Satz: »Wo ist dein Bruder?« Meine Anwesenheit bemerkte sie nicht – hatte sie nie bemerkt! –, nur Sein Fehlen. War Paul nicht da, stürzte das Universum meiner Mutter in sich zusammen. Und Paul war nicht oft da. Er lebte in New York mit seiner Frau Julia, einer Amerikanerin. Er hatte sich eine Ausländerin ausgesucht; sie sprach kein Französisch und war auf diese Weise nicht den harten Prüfungen der Konversation mit meiner Mutter ausgesetzt, einer Art von polizeilichem Verhör, das nach den Richtlinien der Inquisition geführt wurde. Die früheren Lebensgefährtinnen meines Bruders hatten es über sich ergehen lassen müssen und waren alle durchgefallen: »Wie heißen Sie? Sind Sie Jüdin? Was machen Ihre Eltern, und wo sind sie geboren? Wie alt sind Sie? Welchen Beruf haben Sie? Können Sie kochen? Leiden Sie an angeborenen Krankheiten? Sind Sie unfruchtbar?« Am Ausgang dieser Unterhaltung fällte meine Mutter ihren Urteilsspruch, wobei sie selbstverständlich nur ihrer *innersten Überzeugung* gehorchte: »Nein, Paul, diese Frau ist nichts für dich.« Meiner Mutter war keine Frau genehm. Sie wollte die einzige sein, die von ihm geliebt wurde. Schließlich hatte sie sich mit der Heirat meines Bruders abgefunden, wie sich ein Patient, der an einer unheilbaren Krankheit leidet, in sein Schicksal fügt.

Sie liebte ihren Sohn mit einer alles andere ausschließenden Liebe. Mir Zuneigung zu bekunden, hätte bedeutet, ihn dieser Zuneigung zu berauben. Von ihrer Mutterliebe bekam ich nur die Reste zu kosten, die kalten und geschmacklosen; ich machte sie mir nach meiner Art zurecht, ohne große

Kreativität freilich. Welche Empfindsamkeit hätte jemand an den Tag legen sollen, der sein ganzes Leben immer nur die Krümel aufgeleckt hat?

Ich war dreiundzwanzig, als Paul nach New York übersiedelte. Dem Augenschein nach war er ein brillanter und charismatischer Mann, ein Heldentenor der Anwaltskammer, der seinen Beruf in einer der glänzendsten Anwaltspraxen von Manhattan zelebrierte. Seine eindrucksvolle Statur, sein schlanker Körper, den er in vielen Stunden im Fitneßstudio zurechtgemeißelt hatte, und sein Gesicht, diese absolute menschliche Vollkommenheit, von der ich gar nicht begreifen konnte, wie sie aus der Vereinigung der genetischen Codes unserer Eltern entsprungen sein konnte, zogen alle Blicke auf sich, zuerst den meiner Mutter, die in jedes Zimmer ein Bild von Paul gehängt hatte. Wo andere das Geld verherrlichten, waren ihr die Schönheit und Intelligenz meines Bruders ein Sinnbild für das eigene erfolgreiche Leben. Ihr Sohn war das einzige äußerliche Anzeichen für ihren Reichtum, und so zögerte sie nicht, es auf großtuerische Weise hervorzukehren; sie zauberte aus ihrer Tasche ein Foto hervor, auf dem er in seiner Anwaltsrobe zu sehen war, und wedelte den anderen – Freunden, Händlern, simplen Straßenbekanntschaften – damit vor der Nase herum, so wie ein Neureicher seinen Besitz zur Schau stellt. Aber hinter der Maske der Perfektion litt Paul unter einem stummen Schmerz; ewig neurotisch und hypochondrisch, hatte er die Vormundschaft seiner Mutter gegen die eines Psychoanalytikers getauscht. Es sah wie ein schrecklich abgedroschenes Klischee aus – der geliebte Sohn muß sich auf die Couch des Analytikers legen, um mit seinen ödipalen Problemen ins reine zu kommen –, aber als ich meinen Bruder darauf hinwies, meinte er, New York strotze nur so von solchen Klischees.

Seit er im Ausland lebte, rief er mich bloß noch einmal die Woche an, und zwar nach einem unabänderlichen Ritual: er sprach wenig, stellte ein paar Fragen und ließ dann, ehe er auflegte, ein »Na schön« vernehmen, welches das Ende der Unterhaltung ankündigte. Wenn ich dieses Wort vom anderen Ende der Leitung hörte, war es mir, als drückte eine Hand meinen Kopf unter Wasser. Ich konnte nicht einmal schreien, ich ging unter, und er hörte und sah nichts. Die Entfernung hatte unsere gemeinsamen Erinnerungen in ein Nichts verwandelt, unsere Gefühle, unser wildes Gelächter. Das einzige Band zwischen uns war unsere Mutter geblieben, und auch dieses Band würde bald reißen.

Ich hatte ihn nach dem Zwischenfall angerufen; er hatte sich mit »Oh! my God!« und »I will call her« begnügt. Schon vor Monaten hatte ich bemerkt, daß Paul oft englisch mit mir sprach; seine Muttersprache hatte er abgestoßen. Aufs Französische zu verzichten, bedeutete für ihn, die Bindung an seine Mutter zu zerreißen.

Meine Mutter hoffte, und Hoffnung ist eine jüdische Droge, die wirksamer ist als alle Antidepressiva. Meinem Bruder gegenüber stets nachsichtig und verständnisvoll, war sie um so strenger und unnachgiebiger mit mir. Ich war eine Tochter, und im Bewußtsein meiner Mutter galten Töchter gar nichts. Verkündete ihr jemand die Geburt eines Mädchens, fing sie an zu lamentieren und beklagte die Mutter, als hätte man ihr gesagt, das Kind sei tot oder mit einer Mißbildung geboren worden. Sie besuchte junge Mütter nur, wenn sie einen Sohn zur Welt gebracht hatten, denn nur dann hatten sie ihre Fortpflanzungsmission erfüllt. Mädchen verachtete sie und dachte nur daran, sie zu verheiraten – die Heirat war für sie zur Zwangsneurose geworden. Hatte sie mir nicht ein paar Minuten vor ihrem Herzinfarkt vorgeworfen, daß ich noch ledig war, und dabei auf »tragische Fälle« verwiesen? Die Tochter ihrer Freundin Suzanne hatte nie geheiratet und lebte mit fünfundvierzig immer noch allein: »Gott möge uns davor behüten!«; meine Cousine Sophie hatte mit vierzig, bei der gemeinsamen Mahlzeit zum Passahfest, allen gestanden, daß sie lesbisch war (wahrscheinlich hielt sie den Tag, an dem man das

Ende der Versklavung feierte, für passend, um das Joch der Familie abzuschütteln): »Verflucht soll sie sein!«; unsere Nachbarin, die jeden Abend einen anderen Mann einließ ... Und andere Beispielgeschichten, die geradewegs ihrer Phantasie entsprungen waren, lauter schwarzweißgezeichnete Figuren, die sich um ihr Eheleben gebracht hatten. Die sich um ihr Leben gebracht hatten!

Eine Frau existierte nämlich nur über ihren Gatten. Und ich weigerte mich, die Autorität eines Mannes anzuerkennen, nachdem ich schon die meiner Eltern durchlitten hatte. Wenn man von der Vormundschaft des Vaters in die des Ehemannes übergeht, verbleibt man unter männlicher Herrschaft. Da schien das Alleinleben eine annehmbare Ausflucht, wenn schon keine ideale, denn obgleich ich mit niemandem zusammenleben wollte, ertrug ich es auch nicht, mit mir allein zu leben. Ich litt an Fehlfunktionen des Gefühlslebens, die man mit keinem Antidepressivum heilen konnte. Ich weinte, und die Tränen wuschen meine Seele. Sie sprangen hervor wie mächtige Wogen, prallten gegen meine Nasenflügel, sickerten in die Poren meiner Haut und mischten sich mit meinem Blut, um mich zu reinigen. Vergebens. Ich blieb ein Opfer meiner selbst. Um vor mir zu fliehen, hatte ich eine Zeitlang die Zahl meiner Abenteuer mit Zufallsbekanntschaften in die Höhe geschraubt, und selbst da noch, im Bett mit diesen gesichtslosen Körpern, war mir meine Mutter erschienen und hatte mich getadelt: »Was denn, du bist keine Jungfrau mehr?« Ich fühlte ihren anklagenden Blick auf meinem entblößten Geschlecht, und ich erstarrte, meine Gliedmaßen wurden steif, die Vagina zog sich zusammen, und ich hatte gar keinen anderen Ausweg, als die Männer, die mich schon für verrückt erklärten, von mir zu stoßen. Ja, meine Mutter machte mich tatsächlich verrückt.

In ihrem Krankenzimmer hatte sie sich mit etwas Furchterregendem gewappnet – mit gefühlsmäßiger Erpressung. Diese Apparatur wußte sie geschickt zu handhaben, und sie versprühte ihren Inhalt wie Tränengas. Auch diesmal erreichte sie ihr Ziel: ich weinte. Was hätte ich denn anderes tun können, um ihr zu beweisen, daß ich eine richtige Frau war? Weinende Männer kamen im Weltbild meiner Mutter nicht vor. Sie reagierte nicht, sondern beobachtete mich nur beim Schluchzen, unempfänglich für meinen Schmerz; ja, ich litt, gekettet ans Joch meiner Mutter, sie war überall, selbst in meinem Kopf, Zeugin meiner Irrfahrten, Kerkermeisterin meiner Phantasmen, sie konnte jeden Moment überall auftauchen, auch an meinem Arbeitsplatz – ja, wenn ich mitten beim Lesen war! –, sie sprang aus meinem Kopf und zeterte entrüstet los: »Emma, wie kannst du einen derart erniedrigenden Beruf ausüben? Warum bist du nicht Anwalt geworden, so *wie dein Bruder*?« Sie schlug mir eine Karriere als Verteidigerin vor – gerade sie, die nichts als Diskriminierungen kannte, die die Ungleichheit der Geschlechter pries und im Namen der sakrosankten Mutterliebe gewaltsam in meine Intimsphäre eindrang.

Sie schwang sich zur Richterin auf, suchte belastendes Material zusammen, wischte die Unschuldsvermutung beiseite, verhöhnte meine Rechte; ich war schuldig, die Grenzen des Althergebrachten übertreten zu haben, schuldig! Denn es schützt einen nicht vor Strafe, wenn man das Gesetz der Mutter nicht kennt, jenes Gesetz, das den Töchtern vorschreibt, bei Erreichen der Volljährigkeit schnellstens zu heiraten, zu gebären und Kinder großzuziehen.

Sie überschwemmte mein Universum.

Sie flößte mir Schuldgefühle ein.

Sie verdammte mich.

Auf diese Weise hat sie mich geliebt.

Ich entgegnete auf ihre Vorhaltungen nichts; waren ihre Worte denn kein Sakrament? Ich setzte mich in eine Ecke und schaltete den Fernseher ein, dieses Gerät mit seinen magischen Eigenschaften. Wo Worte den Konflikt anheizen, besänftigen ihn Bilder. Ich brauchte nur einen rührseligen Fernsehfilm zu finden, damit diese störrische Frau zu weinen anfing wie ein kleines Mädchen. Die fadesten Dialoge entlockten ihr Ergriffenheit, Mitleid, Traurigkeit – Gefühle, die sie im täglichen Leben niemals zeigte. Sie, die beim Begräbnis meines Vaters keine Träne vergossen hatte, brach vor dem Fernseher in lautes Schluchzen aus, wenn der Held starb.

So verweilten wir ein paar Augenblicke, die mir ewig lang erschienen; so nah beieinander, so fern. Mir fiel ihr stoßhaftes Atmen auf, die feuchte Wärme, die von ihrem in dicke Stofflagen gehüllten Körper abstrahlte. Ich hörte sogar ihr unwillkürliches Gemurmel – seit dem Tod meines Vaters sprach sie mit sich selbst, um die Stille auszufüllen. Als ihr klargeworden war, daß Paul nicht anrufen würde, wollte sie allein gelassen werden. Ich sagte ihr, ich würde am späten Nachmittag noch einmal vorbeischauen. Sie blinzelte und zog die Decke hoch. Ich gab ihr keinen Kuß (wir küßten uns niemals) und ließ die Tür laut zuschlagen. Ich rannte die Krankenhausflure entlang, bloß schnell zum Ausgang, mir wurde ganz übel von den Ätherdünsten und der abgestandenen Luft, bloß schnell das Bild meiner leidenden Mutter mitnehmen und den Klang ihres dumpfen Gestöhns. Als ich in der Eingangshalle ankam, suchte ich mir eine stille Ecke und tippte auf meinem Handy die Nummer von Jules ein. An seiner Stimme merkte ich, daß er nicht allein war. Seine Frau mußte mit im Zimmer sein – belauschte sie ihn? –, sie machte ihm das Abendessen, füllte seine Steuererklärung aus, wusch seine Wäsche: all die Handgriffe einer Gattin, die ich niemals für einen Mann ausführen wollte. Er sagte mir, er werde später zurückrufen, und legte auf. Ich setzte mich auf den Fußboden, den Rücken gegen eine Glastür gelehnt, und weinte sacht vor mich hin, wie es die nahen Verwandten eines Kranken tun, wenn sie aus dem Krankenhaus treten und in der Anonymität der Straße ihre Tränen herauspressen. Ich dachte an Jules' Gesicht. Die Züge eines geliebten Wesens sind wie jene Landschaften, die man schwer mit Worten nachmalen kann und die man gesehen haben muß, um von ihnen ergriffen zu werden und ganz durchdrungen zu sein. Als ich mit ihm gesprochen hatte, war mir ein Gemälde von Samuel Hirszenberg vor Augen erschienen, das einen jungen Mann um die Zwanzig darstellt und im Museum für Jüdische Kunst und Geschichte aufgehängt ist. Dieses Bild konnte ich mir wieder und wieder anschauen, ohne seiner überdrüssig zu werden. Jeden Dienstagnachmittag ging ich auf dem Heimweg von meinem Verlag in die Rue du Temple, ich kaufte eine Eintrittskarte – auf der Hirszenbergs junger Mann ebenfalls abgebildet war –, stieg die große weiße Marmortreppe hoch und hatte es eilig, ihn wiederzusehen, Ihn, den Unbekannten auf der Leinwand, der dem wirklichen Mann, den ich liebte, derart ähnlich sah. Ich baute mich vor dem Gemälde auf, und manchmal beschwerten sich die Museumsbesucher, oder die Aufpasser baten mich, ein Stück weiter zu gehen, ich nahm den ganzen Platz in Anspruch, ich wollte mit diesem Bild verschmelzen, meine Augen konnten sich nicht lösen von der Leinwand, ich wurde unwiderstehlich angezogen von diesem Antlitz, das ein seltsames Licht ausstrahlte. Er faszinierte mich; ich liebte seine gewölbte Stirn, seine Lippen, die so rot waren, als hätte man in sie hineingebissen. Und die Schwärze seiner Augen, die feuchter Erde ähnelten und sich von seinem bleichen Gesicht scharf abhoben. Sein Blick genügte, um meine Seele erzittern zu lassen, denn er drückte eine verborgene Trauer aus und schleuderte Splitter von Schmerz um sich, die mir in die Augen drangen und mich weinen machten. Manche sagten, es handle sich um ein Porträt des Bildhauers Enrico Glicenstein oder ein Selbstbildnis des Malers; wieder andere erkannten darin den Schriftsteller Scholem Alejchem. Für mich war der junge Mann einfach ein Unbekannter. Ich erfand ihm einen Lebenslauf: eine Frau hatte ihn verlassen, ein Pogrom seine Familie dezimiert; das Bild war 1903 gemalt worden, und so mußte er um 1880 geboren sein, vielleicht früher. Ich dachte Tag und Nacht an ihn, wie ich an Jules dachte; der eine war so unerreichbar für mich wie der andere.

Ich blieb noch einen Moment auf dem Boden sitzen, bis mich ein Assistenzarzt fragte, ob ich Hilfe benötige. Da stand ich auf und hastete, ohne ihm auch nur zu antworten, aus dem Krankenhaus; der Blick von Hirszenbergs Modell forschte mich von innen her aus.

Auf der Straße fühlte ich mich besser. Dichter Regen peitschte mir ins Gesicht, ich wischte ihn nicht weg, ich ließ das Wasser in meinen Mund und über meine Augen rinnen. Unter den Blicken der Männer ging ich mit großen Schritten – ich trug meine Schönheit in Schmerzen; vergebens hatte ich versucht, sie zu maskieren. Ich war sehr groß und auch schlank und hatte lange, glatte braune Haare, die mir über die Schultern fielen. Augen von einem Grün, das die Tränen bleichgewaschen hatten, eine weiße, wie mit Kreide eingeriebene Haut, die allergisch war gegen Sonne, Hitze und menschliche Berührung, eine feine Nase und volle Lippen. Von meinem Vater, der aus Polen stammte, hatte ich den osteuropäischen Einschlag geerbt und auch den Namen »Blum«, der wie das Eintauchen eines Körpers in tiefes Wasser klang. Von meiner Mutter, die in Algier geboren war, hatte ich keine äußere Prägung mitbekommen – mein Organismus hatte all ihre genetischen Besonderheiten von sich gestoßen. Ich mochte weder ihre mediterrane Üppigkeit noch ihren Akzent, den sie zu zügeln versuchte und der sich aufbäumte wie ein wildes Tier. Sie sprach zu viel und zu laut. Alles an ihr bedeutete Maßlosigkeit. Ich war die Tochter meines Vaters.

Ich legte einen Schritt zu, dann rannte ich sogar. Bloß schnell, immer schneller. Den Blicken der Männer entfliehen, die mich befleckten, ja, ich fühlte mich schmutzig, wenn sie ihre Augen auf mich hefteten, aus denen ihr Begehren schrie, wo ich überhaupt nichts fühlte, und wenn ihre Münder an mir lecken wollten, wo ich nicht mal einen flüchtigen Kuß auf die Wange ertrug, und wenn sie wie Hunde mein Parfüm aufschnüffelten. Ich rieb und rieb an meinem Gesicht herum, um jeden Rest Schminke fortzuwischen und selbst noch den Widerschein ihrer Blicke. Ich rieb bis aufs Blut, ja, das Blut lief in Strömen durch die Gefäße, die meine Wangen durchzogen; ich war unrein und befleckt; ich lief in den Regen, um mich zu reinigen. Schnell bloß, ich drängte mich in eine Metrostation, bahnte mir einen Durchgang zwischen all jenen austauschbaren Körpern, die auf dem Bahnsteig wie angewurzelt herumstanden. Schnell bloß, ich stieg in den Wagen, beobachtete die Fahrgäste, die alle diesen aschgrauen Teint hatten und in den Blicken jenen Ausdruck von Müdigkeit, den ich in den Augen meines Vaters entdeckt hatte, kurz bevor er gestorben war. Ich blieb stehen und klammerte mich an die Haltestange; ich stellte mir vor, jemand würde mir seinen Sitzplatz anbieten, aber es stand niemand auf. Ich roch den beißenden Atem der Leute, die sich um die Haltestange zu einem Haufen zusammenklumpten, und den Geruch ihrer Kopfhaut. Mir wurde übel von ihren mit Parfüm vermischten Schweißausdünstungen. Ich versenkte die Nase in den Ausschnitt meines Pullovers, von meinem Körper strömte der Duft des Chanel-Parfüms »Égoïste« aus – der Duft von Paul. Seit er nach New York gegangen war, lebte ich nur in der Erwartung, ihn wiederzusehen. Sein Weggang hatte uns am Boden zerstört: ohne einen Mann, dem sie sich unterordnen konnte, hatte meine Mutter jeden festen Bezugspunkt verloren; ich hingegen war wie ein Schwerverletzter, der voll Schrecken mit ansieht, wie sein abgerissenes Bein im Leeren zuckt.

Als die Metro in die Station Chemin Vert einfuhr, war ich fast eingeschlafen. Ich hörte das schrille Abfahrtssignal, schob mich an den Leuten vorbei, die den Ausstieg blockierten, und stürzte aus dem Wagen. Kaum hatte ich meinen Fuß auf den Bahnsteig gesetzt, packte mich ein Jugendlicher brutal am Arm; ich sollte ihm einen Franc geben – er war schon der vierte, und ich hatte kein Kleingeld mehr –, ich zog die Schultern hoch, um seine Umklammerung abzuwehren, und er schrie mir zu, daß ich eine blöde Kuh sei.

Dieses Leben war wirklich nichts für mich: die unlesbaren

Manuskripte, die öffentlichen Verkehrsmittel, die Einsamkeit, das Fernsein von Paul und Jules – meine Mutter. Ich stakte durch die endlosen Metrogänge und wiederholte mir: »Blöde Kuh! Blöde Kuh!«, nahm die Rolltreppe, »Blöde Kuh!«, wandte mich nach links zum Ausgang Rue du Chemin Vert, »Blöde Kuh!«, nahm immer zwei Stufen auf einmal, »Blöde Kuh!«, und als ich dann endlich draußen stand, hatte ich jede Spur von Selbstachtung aus mir herausgefegt. Es war da nur noch eine braunhaarige Frau, die rasch ausschritt und nichts mehr spürte. Ich eilte ins Haus, in der Hoffnung, einen Brief von meinem Bruder vorzufinden, aber weder im Briefkasten noch auf dem Anrufbeantworter war etwas. Ich holte ein Fertiggericht aus dem Tiefkühlschrank. Selber kochte ich nie; ich wärmte einfach auf, was meine Mutter für mich zubereitet hatte. Ich aß neben dem Radio, das pausenlos lief, wenn ich zu Hause war, weil ich so das Gefühl hatte, nicht allein zu leben. Dann schlummerte ich auf dem Sofa ein, und die Stimmen, die mir Gesellschaft leisteten, wiegten mich in den Schlaf.

Eine Stunde später wachte ich wieder auf. Den Rest des Nachmittags verbrachte ich damit, verschiedene Pflegedienste anzurufen, um jemanden zu finden, der meine Mutter zu Hause betreuen konnte. Schnell hatte ich ein paar Namen und Telefonnummern beisammen. Der Arzt hatte mir am Morgen empfohlen, eine solche Lösung ins Auge zu fassen: »Ihre Mutter kann nicht mehr allein leben!« Ich lehnte es aber ab, mit ihr zusammenzuziehen. Zwischen ihrer Wohnung und meiner lagen Betonwände, die mich vor ihr schützten. Bis in die Sprache hinein weigerte ich mich, unsere beiden Wesen zusammenzuschließen.

Und dennoch liebte ich sie. Meine Beziehungen zu meiner Mutter waren nach einem Plan aufgebaut, welcher der in der Schule erlernten Methode folgte: These, Antithese, Synthese. Ich schrieb die Grundideen hin, die Unterkapitel, vollendete meine Gliederung und begann mit dem Ausformulieren.

Zunächst stellte ich ein Inventar ihrer guten Eigenschaften zusammen. Tausend kleine Einzelheiten machten meine Mutter für mich einzigartig:

Ihr Lächeln, wenn ich die Schwelle ihrer Wohnung überschritt.

Der Geruch von warmem Kaffee, den die Wände ihres Hauses zu jeder Tageszeit ausströmten.

Der Klang ihrer Stimme bei Tagesanbruch.

Das Knacken des Parketts unter ihren Schritten.

Der schwere Duft ihres Parfüms, mit dem sie sich gleich nach dem Erwachen besprühte.

Die Beschaffenheit ihrer Haut, weich und formbar wie Brotteig.

Und ihre Seele, die von Blutergüssen überdeckte Seele, die in ihr seit dem Fortgang meines Bruders wie ein verwundetes Tier lag.

Tausend Einzelheiten machten sie mir widerwärtig:

Ihre Vorhaltungen.

Ihre Frauenfeindlichkeit.

Ihr Geschrei.

Ihr Reinlichkeitswahn.

Ihre steifen Gesten, die aller Zärtlichkeit bar waren.

Die Art, wie sie mein Leben in Besitz genommen hatte.

Ihr überscharfer Sinn für alles, was sich in der Gesellschaft schickt.

Ihre manichäischen Theorien über die Ehe.

Ihre fehlende geistige Neugier.

Ihre Selbstverleugnung.

Ich gelangte immer zum selben Schluß: meine Mutter war eine giftige Substanz, mit der man vorsichtig umgehen mußte.

Um 18 Uhr fuhr ich ins Krankenhaus zurück. Ich fühlte mich für meine Mutter verantwortlich. Einst war ich ihr Kind gewesen, jetzt war sie meins geworden. Ja, sie erinnerte an einen Säugling; sie hatte dessen zarten Knochenbau, seine zahnlosen Kiefer und ruckartigen Gesten, aber unter ihrem Knochengerüst hatte sie sich die kalte Gleichgültigkeit der Erwachsenen bewahrt. Ich konnte sie mit einer einzigen Geste vernichten; sie zerbrach mich mit einem einzigen Wort. Ich verschonte sie, denn ich empfand Mitleid mit ihr. Sie aber versagte es sich nicht, mich »aus Liebe« zu verletzen, das nämlich bekam ich zu hören, wenn ich mich beschwerte – oh ja, sie liebte mich, sie liebte mich zu sehr: Liebe nimmt sich alle Rechte.

Ich sah noch vor mir, wie sie mein Frühstück zubereitete: kleine Brotstückchen, die in Öl schwammen, und dazu saftige Oliven, die sie mit dem Geschick eines Chirurgen entsteint hatte. »Iß!« sagte sie und reichte mir den Teller herüber, »das ist gut für dein Wachstum.« Ach, Mutter, ich bin bald dreißig, ich wachse schon seit über zehn Jahren nicht mehr. Nein, es ist ganz unnütz, ihr zu widersprechen, *sie weiß*, wovon sie redet – richtige Mütter kennen die Bedürfnisse ihrer Kinder. Meine Mutter predigte eine manichäische Weltsicht: da gab es die Guten und die Bösen, die guten Mütter und die schlechten (sie ordnete sich ohne langes Nachdenken in die erste Kategorie ein, und zwar nach Kriterien, die sie selbst aufgestellt hatte: gute Mütter opfern sich für ihre Kinder auf, gute Mütter hüten das Heim, gute Mütter wollen für ihre Kinder *nur das Beste*); es gab gute und schlechte Ehefrauen (»eine gute Frau achtet ihren Mann« – über den Unterschied zwischen Achtung und Unterwerfung war von ihr nichts Genaueres zu erfahren). Meine Mutter war eine gute Gattin und eine echte Mutter zugleich.

Ach, wäre sie doch eine unwürdige Ehefrau gewesen! Dann hätte sie nicht monatelang Trauer getragen! Sie hätte auf diese dunklen und unförmigen Kleider verzichtet, unter denen sie die letzten Überreste ihrer Weiblichkeit versteckte! Sie hätte sich nicht in ihrer winzigen Wohnung mit den stets verschlossenen Fensterläden verkrochen!

Ach, und wenn sie doch eine Rabenmutter gewesen wäre! Sie hätte uns nicht bis zum Abitur am Schultor abgeholt! Sie hätte uns nicht mit ihren Kuchen vollgestopft, die sie Tag für Tag buk! Sie hätte uns nicht diese lächerlichen handgestrickten Pullover tragen lassen. Sie hätte nicht bis drei Uhr morgens aus dem Küchenfenster nach uns gespäht, wenn wir einmal ausgingen, und hätte nicht gleich beim kleinsten Zeitverzug Polizei und Krankenhäuser alarmiert. Sie hätte nicht in meinem Tagebuch herumgeblättert, um zu prüfen, wie es um meine moralische Gesundheit stand. Sie hätte nach dem Tod unseres Vaters mit einem sympathischen Mann ein neues Leben begonnen und uns unser eigenes Leben erfinden lassen! Eine Rabenmutter wäre das beste gewesen, das uns hätte passieren können.

Wenn sie uns geliebt hätte, ohne uns anzubeten, hätte uns das genügt.

Wenn sie uns beschützt hätte, ohne uns von allem abzuschirmen, hätte uns das genügt.

Wenn sie uns ins Leben gesetzt hätte, ohne danach auf ihr eigenes Leben zu verzichten, hätte uns das genügt.

O herzergreifendes Gebet, das wir am Abend des Passahfestes an Gott richteten und das ich zu meinem Vorteil abgewandelt hatte!

Ach hätte sie uns doch nur ein bißchen weniger geliebt! Hätte sie sich damit begnügt, uns bis zur Volljährigkeit aufzuziehen! Aber nein, nun würden wir niemals volljährig werden. Das ganze Leben würden wir unter der Vormundschaft unserer Mutter stehen, Emanzipation ausgeschlossen. Und selbst als Tote würde sie uns noch plagen, durch das Fortbestehen der

Erinnerung, das Weiterleben von Vorstellungen, durch das Gedenken – alles höchste Werte in ihrer Erziehung. Ja, nach ihrem Tod würde meine Mutter mich noch schlimmer quälen. Ich zog die lebende Mutter vor, ich hörte sie schnarchen, sie schlief tief und fest. Im Schlaf rief sie meinen Vornamen, und der Klang ihrer Stimme verriet ihre Angst. Eine *gute Mutter:* selbst im Traum machte sie sich noch Sorgen um mich.

Ich setzte mich auf die Bettkante und betrachtete ihr Gesicht. Sie war sechzig, wirkte aber zehn Jahre älter. Ihr Haar legte sich eng an den Kopf wie eine Fellmütze; es war in wenigen Monaten weiß geworden. Ihr Gesicht trug seltsame Ritzmale; es war abgeschuppt und auf Höhe der Kiefer von feinen Narben gerillt. In ihren Augenwinkeln zeichneten sich Falten ab, ihre Haut hatte die Struktur von Papier, auf dem eine spitze Feder Spuren hinterlassen hatte. Selbst eine Autopsie würde das Mysterium, das diesen geheiligten Leib einhüllte, nicht ergründen. Der Leib meiner Mutter war das Allerheiligste, ein Ort, der mir fürderhin verboten war und den ich besudelt hatte: ein weiblicher Fötus im Bauch von Nina Blum, das war ebenso entweihend wie eine nackte Frau in einer Gebetsstätte.

Als sie erwachte, warf sie mir mein Zuspätkommen vor. »Ich bin seit mehr als einer Stunde da«, rechtfertigte ich mich, »du hast ja geschlafen.« Sie setzte einen Schmollmund auf. Ihre Lider bedeckten die Augen fast völlig, so daß ich nur die schwarzen Pupillen ausmachen konnte, die glänzenden Oliven ähnelten. Allein ihr Blick marterte mich. Von Entsetzen gepackt, gestand ich, denunzierte mich selbst – ich konnte meinem Henker nicht widerstehen –, ja, ich bin schuldig, dich in diesem Krankenzimmer allein gelassen zu haben, ich bin eine Egoistin – schuldig! – du stirbst, und ich bin eine undankbare Person, eine Schande, dreißig Jahre und nicht verheiratet. Ich mußte um Vergebung bitten, meine Entschuldigungen vorbringen, und während ich mit einförmiger Stimme um ihre Milde nachsuchte, heulte in meinem Kopf eine Stimme auf: »Blöde Kuh! Blöde Kuh! Blöde Kuh!« Ihre Lippen, die sie extrem zusammengekniffen hielt, ließen kein Gefühl durch, und ihre Stimme, ach, diese Geröllstimme, die für die mütterliche Autorität stand, erhob sich nur, um zu ächzen und zu schimpfen.

Sie tadelte meine Kleiderordnung.

Sie sagte mir, daß ich in letzter Zeit älter aussähe, und zeigte auf die schwarzen Ringe um meine Augen und die Falten, die meine Stirn überzogen.

Sie drohte mir, sie würde sich sterben lassen, falls ich hartnäckig dabei blieb, allein leben zu wollen.

Und zum Schluß faßte sie zusammen: »Ich will nur dein Bestes!«

Ich schaltete den Fernseher ein. Sogleich entspannte sich das Gesicht meiner Mutter, ihre Augen verschmolzen mit dem Bildschirm. Sie lachte aus vollem Halse, so daß Brüste und Bauch bebten. Sie schien richtiggehend glücklich zu sein, jawohl, bis die Krankenschwester ins Zimmer gestürmt kam. Es war eine kleine Frau, die ihr Alter mit sich trug wie ein paar schmutzige Lumpen, die nicht zusammenpaßten. Meine Mutter schaltete den Apparat mit einer brüsken Bewegung aus. Es war, als hätte man ein Fest unterbrochen, um einen Todesfall zu verkünden. Kaum war die Krankenschwester ans Bett getreten, zog meine Mutter die Kiefer zusammen und klagte über die verschiedensten Leiden: Gelenkschmerzen, Zittern, Migräne; sie verlangte nach Medikamenten und drohte, Klage einzureichen, weil man sie schlecht behandelte. Die Krankenschwester hörte mit halbem Ohr zu – wurde sie nicht bezahlt dafür? – und verabreichte meiner Mutter ein Schlafmittel. Ehe sie das Zimmer verließ, richtete sie einen wohlwollenden Blick auf mich. Als wir unter uns waren, schaltete meine Mutter den Fernseher wieder ein, aber die Sendung, die sie gerade geschaut hatte, war jetzt vorüber. Sie schimpfte über die Krankenschwester, die Ärzte und überhaupt das ganze medizinische Personal, diese »unfähigen Leute«, und ich nutzte den Moment, um ihr mitzuteilen, daß ich eine Pflegekraft für sie besorgen wolle. Sie hörte es sich an und sagte dann in einem sehr bestimmten Ton, der für Verhandlungen keinerlei Raum ließ: »Das kommt überhaupt nicht in Frage.«

Sie rollte sich zusammen und machte die Augen zu, wie ein Händler die Rolläden herunterläßt, um zu zeigen, daß der Laden geschlossen ist.

»Ich habe einige Pflegedienste angerufen und schon drei Frauen in die engere Wahl gezogen.«

Ihre Lider, die von kleinen bläulichen Äderchen durchzogen wurden, zuckten nervös. Dann schlug sie die Augen auf, schaute aber sofort von mir weg.

»Die erste ist um die Fünfzig und bringt seriöse Empfehlungen mit. Sie hat mir versichert, daß sie in Paris allein lebt und keine Familie hat.«

Meine Mutter brach das Schweigen: »Ist es eine Französin?«

»Nein, sie kommt aus Afri...«

»Eine Schwarze!« rief meine Mutter mit einer Stimme, die ganz heiser vor Beunruhigung war.

»Nein, sie kommt aus Algerien.«

»Ich will keine Araberin bei mir im Haus!«

»Wie kannst du so reden?«

»Hast du vielleicht vergessen, was die Araber der Familie meiner Mutter angetan haben?«

»Aber letztendlich ...«

»Sei still! Ich weiß, wovon ich spreche!«

»Wenn es so ist, rufe ich eben die zweite an, eine Polin; sie spricht schlecht Französisch, hat aber ordentliche Referenzen und ...«

»Das ist völlig ausgeschlossen! Solltest du vergessen haben, was die Polen der Familie deines Vaters im Krieg angetan haben?«

Meine Mutter führte eine schwarze Liste der Verfolgungen, denen die Ihren ausgesetzt gewesen waren.

»Na schön, dann werde ich einen Aushang in der Synagoge machen und ausdrücklich draufschreiben, daß ich eine Jüdin suche …«

»Eine Jüdin? Du träumst wohl! Welche Autorität hätte ich über sie? Sie wird sich wie zu Hause fühlen, sich wie eine Freundin benehmen, sich in meine Angelegenheiten einmischen – und vor solchen Vertraulichkeiten graust es mir –, sie wird nicht aufräumen und saubermachen wollen, wird stundenlang am Telefon herumhängen, nach zwei Wochen schon eine Gehaltserhöhung fordern, sich beim kleinsten Schnupfen krankschreiben lassen, neben den Feiertagen auch die jüdischen Feste frei haben wollen … nein, eine Jüdin wäre die schlimmste von allen!«

»Weil du alle meine Vorschläge ablehnst, sehe ich nur eine Lösung: du gehst in ein Pflegeheim.«

»Undankbares Kind! Schämst du dich nicht, dir deine alte Mutter so vom Halse zu schaffen? Ich habe mein ganzes Leben für dich aufgeopfert, ich habe hart gearbeitet, damit du dich frei entfalten konntest! Und so dankst du mir jetzt: du steckst mich in eine Sterbeanstalt!«

»Aber was willst du denn eigentlich?«

Sie schlug die Augen nieder und drehte sich auf die linke Seite.

»Ich will nichts, ich habe nie etwas für mich verlangt.«

Ach, der Stolz einer Mutter!

»Mach doch wenigstens auch einen Vorschlag!«

»Du könntest ja vielleicht bei mir wohnen …«

»Wie bitte?«

»Ja, du gibst dein Appartement auf und ziehst zu mir ins Eßzimmer; so sparst du auch deine Miete; ich habe sowieso nie begriffen, weshalb du dir diese Wohnung genommen hast, wo wir doch zusammen bei mir wohnen könnten. Ich werde beim Rathaus beantragen, daß sie mir zweimal täglich eine Pflegerin vorbeischicken, und abends habe ich dich.«

»Nein, ich ziehe aus meiner Wohnung nicht weg. Überleg dir eine andere Lösung.«

Sie stieß ein Geröchel aus, ließ ihren Kopf aufs Kissen fallen und seufzte: »Ich sterbe!«

Sie starb aber nicht. Kaum hatte sie ihre Todesanzeige in die Welt gesetzt, klingelte das Telefon. Ich nahm den Hörer ab und erkannte Pauls Stimme. Als meine Mutter seinen Vornamen hörte, rutschte sie aufgeregt im Bett herum. »Gib ihn mir rüber!« brüllte sie. Vor Eifer und Aufregung verfärbte sich ihr Gesicht. Die Lippen entspannten sich, sie lächelte: er hatte angerufen. Ich verstand gar nicht, was mein Bruder mir sagte, so laut schrie sie herum; sie platzte fast vor Ungeduld, wie ein launisches Kind, das tausend Wünsche hat: »Gib ihn mir rüber!« Und während ich mich am Hörer festklammerte, stellte ich – mit unbändiger Freude – fest, daß ihre Lider sich senkten; unter der Macht des Schlafmittels, das ihr die Schwester verabreicht hatte, konnte sie trotz aller Mühen nicht wach bleiben. Sie riß mir den Hörer aus den Händen (nein, so schnell würde sie wirklich nicht sterben), um Ihn zu hören. Ich sah sie gegen den Schlaf kämpfen, wie Jakob mit dem Engel gerungen hatte. Ich vernahm die zärtlichen Worte, die sie ihm zuflüsterte: ich liebe dich ich sterbe wenn du nicht kommst Emma läßt mich allein sie ist so egoistisch ich sterbe und so eine undankbare Person ein Schandfleck dreißig Jahre und nicht verheiratet und entschuldigen kann sie sich auch nicht. Tränen überschwemmten meine Blöde-Kuh-Augen. Komm doch zurück, Paul! Ich weiß nicht, was ich mit ihr anfangen soll. Mit diesem alten Kind. Dieser alten Mutter. Aber Paul hatte sich damit begnügt, »Na schön« zu sagen; meine Mutter drückte mir den Kopf unters Wasser. Und ich ertrank.

Rue du Chat-qui-Pêche

Es war beinahe 20 Uhr, als ich das Krankenhaus verließ. Draußen fegte der Wind den Himmel leer und wehte mir voll ins Gesicht. Es war noch nicht dunkel, ein schwaches Frühlingslicht lag über der Straße, Mond und Sonne standen in völliger Gleichgültigkeit nebeneinander wie Frau und Mann in einer Familie. Ich spazierte ein Weilchen am Seineufer entlang, ich schlenderte gern durch die Seitengäßchen mit ihren magischen Namen: *Rue du Trésor*, die Straße des Schatzes, *Impasse du Désir*, die Sackgasse der Lust, *Rue de l'Équerre-d'Argent*, die Straße des Silbernen Winkeleisens – diese Orte riefen mir die Welt meiner Kindheit wach, eine Welt, die ich nie hatte verlassen wollen –, ich träumte vor mich hin, vergaß meine Mutter; ich durchstreifte die Hauptstadt zu Fuß, auf der Suche nach einer Tafel, einer Straße oder einem Fleckchen, die nur für mich gemacht waren.

Ich war gerade in der *Rue du Chat-qui-Pêche*, der Straße der angelnden Katze, als Jules mich anrief. Ich bat ihn, herzukommen. Wir hatten unsere Rendezvous immer in einer dieser Straßen mit ihren poetischen Namen. So waren wir schon durch die *Passage du Génie* spaziert, durch die *Rue des Belles-Feuilles*, die Straße der Schönen Blätter, durch die *Impasse des Deux-Anges*, die Sackgasse zu den zwei Engeln, durch die *Rue de l'Arc-en-Ciel*, die Regenbogenstraße, und so viele andere funkelnde oder reizlose Straßen. Nur die *Allée des Justes*, die Allee der Gerechten, hatten wir aus Anstandsgründen gemieden; denn hatte man je gesehen, daß zwei Wesen, die sich des Ehebruchs schuldig gemacht hatten, in den Augen der Gesellschaft zu Gerechten wurden? Jules übte einen unpoetischen

Beruf aus: er war *trader* bei einem Börsenmakler. Das Gespräch unter Verliebten ähnelte bei ihm einer Geschäftsverhandlung. Er mußte zu gleicher Zeit die Wertpapiere seiner Kunden betreuen, seinen zahlreichen Anrufern antworten und mit mir sprechen. Es geschah nicht selten, daß er »ich will dich« mit »ich kaufe« verwechselte und »zwischen uns ist nichts mehr« mit »ich verkaufe«. Ich hatte mich an diese Deformation der Sprache gewöhnt. Ach, wären doch alle menschlichen Beziehungen so einfach! Ich würde seine Liebe im Neuzustand kaufen und sie zu niedrigem Preis absetzen, wenn sie an Glanz verlor. Dennoch hatte ich das Gefühl, eine Aktie zu sein, deren Wert sich je nach dem Kursstand von Jules' Ehe änderte. Je flügellahmer sein Eheleben wurde, desto höher stieg mein Kurs. Anfang des Jahres hatte ich eine starke Hausse erlebt, aber nach der Geburt seines zweiten Sohnes hatte ich mehr als zehn Punkte verloren, und gerade mal meine Mutter glaubte noch an meinen Wert. Ich ächzte unter den Gesetzen eines unbarmherzigen Marktes, die einzig vom Streben nach Profit und Rentabilität bestimmt waren; auch ich hatte produktiv und effizient zu sein, wenn ich nicht meinen Abschied bekommen wollte.

Zehn Minuten später war Jules da. Ich erkannte ihn schon von weitem, seine Silhouette hob sich gegen die Umgebung ab, er allein bewegte sich, während die Leute um ihn herum reglos verharrten – bloße Hintergrundfiguren. Er trug ein marineblaues Kaschmirsakko, ein weißes Hemd und eine weinrote Krawatte – seine Arbeitskleidung. Die Haare hatte er sorgsam gegelt, um die rebellischen Strähnen zu bändigen, die ihm über die Stirn glitten. Mit dieser Frisur ähnelte er dem *Porträt eines jungen Mannes* nicht mehr. Alles an ihm wirkte starr. Kaum daß er mich gesehen hatte, faßte er mich bei der Hand und zog mich in ein nahe gelegenes Café. Er setzte sich mir gegenüber, bestellte einen Fruchtsaft, Mineralwasser und einen Tee. Er trank seinen Saft teelöffelweise, während ich den Tee mit gespitzten Lippen schlürfte, um mir nicht die Zunge zu verbrennen. Wir waren zu Kindern geworden, die Erwachsenenspiele spielten; vielleicht hatten wir aber auch nie aufgehört, Kinder zu sein. Er sprach kein Wort, sondern begnügte sich damit, mich zu fixieren. Sein Blick saugte sich an meinem fest, ich spürte, wie sich die Hornhaut von meinem Auge ablöste, wie die Muskeln in die Länge gezerrt wurden, ich litt, aber ich schwieg, denn tat er etwas anderes, als mich zur Ader zu lassen, ja, sein Blick war ein Heilmittel, ich ließ ihn tief eindringen in meinen und brachte nicht den kleinsten Klagelaut hervor, ich unterwarf mich ihm, wie meine Mutter es mich gelehrt hatte, fügsam und willig, ich bot mich seinem dunklen Auge dar, ich machte mich ganz klein, nistete mich in der Wölbung seiner Iris ein, gab mich völlig auf. Als er seinen Blick auf den Orangensaft richtete, fühlte ich, wie sich die Muskeln meines rechten Auges entspannten. Die Lider flatterten mir, und ich begann zu keuchen.

»Ist etwas nicht in Ordnung?« fragte er.

Statt einer Antwort schüttelte ich den Kopf.

Er fuhr mir mit der Linken durchs Haar und strich über meine Wangen; sein Ehering, der mir leicht über die Haut streifte, verletzte mich wie eine Rasierklinge. Jules verstümmelte mich mit dem Symbol seiner rechtmäßigen Verbindung, er bestrafte mich: ich hatte ihm nur eine heimliche und unerlaubte Liebe zu bieten. Er blies mir über die Haut, als wollte er den brennenden Schmerz dieses imaginären Schnittes lindern. Meine Wange war eine weit aufgerissene Wunde: die oberen Schichten meiner Epidermis waren zerschnitten; es war mir, als hingen mir Hautfetzen vom Gesicht; sein Ehering hatte mein Blut besudelt, ich weinte; die Tränen sprudelten hervor und desinfizierten meine Haut wie eine antiseptische Flüssigkeit. Jules wischte mein Gesicht mit der rechten Hand, der Hand, die nichts versprochen hatte, trocken, ganz wie man eine schwarze Wandtafel abwischt. Und meine Wange nahm wieder ihre vertraute Form an. Er stieß seinen Blick von neuem in den meinen – was wollte er erobern? Mich hatte er ja schon erworben, ich gehörte ihm. Sein Blick verfolgte mich mit der Intensität einer Mutter, die sich voller Entsetzen vorstellt, ihr Kind könnte verlorengehen; seine Augen führten mich an der Leine. Ich entfernte mich nicht von ihm, ich versuchte nicht, die Zügel zu zerreißen, die mich einzwängten. Ich wartete darauf, daß sich seine Liebe in der Ehe verwässerte, der Alltagstrott an seinem Ehebund nagte. Denn ich wußte – und dieser Gedanke marterte mich –, daß ich nie seine Frau sein würde. Ich werde nicht die offizielle Frau sein, die man unters Dach der Ehe führt. Nie und nimmer. Ich werde nicht die Mutter sein, die seine Kinder austrägt. Nie und nimmer. Ich werde nicht der Leichnam sein, der hingestreckt neben seinem liegt. Nie und nimmer. Die Erkenntnis seines Lebens wird mir verwehrt bleiben wie jenen Menschenwesen, denen der Zugang zum Wissen verstellt ist. Ich werde die Seiten seiner Biographie nicht umblättern. Sein persönliches Wörterbuch wird mir verschlossen bleiben. Als eifrige Autodidaktin, die zum einsamen Lernen verdammt ist, beneidete ich seine Frau, diese gelehrte Person, die *alles wußte* von seiner Geschichte, seiner intimen Geographie, seinen Wissenschaften und Künsten, sie, die das Glück hatte, ihn zu studieren, den Gegenstand all meiner Forschungen. Mich hatte er nicht erwählt. Mich, die immerdar Ungebildete.

Er stand von seinem Platz auf und setzte sich neben mich. Eine dumpfe Angst würgte in mir. Als ich meine Spucke hinunterschlucken wollte, spürte ich, daß sich in meinem Hals ein Sandkloß zusammenballte. Jules nahm meinen Kopf zwischen seine Hände – der Sandkloß schwoll an –, küßte mich auf die Stirn, die Nase, die Lippen – der Kloß zerrieselte, und die Sandkörner füllten mir den ganzen Mund aus – ich konnte nicht mehr atmen. Jules wiegte mich sacht hin und her, ich klammerte mich an ihn, wir schufen uns ein neues Universum mit eigenen Gesetzen.

Wir blieben noch einen Moment sitzen und redeten, was wir immer redeten; jene Worte der Liebe, die den Nichteingeweihten abgeschmackt und unangebracht erscheinen. Unserem Liebesdialog fehlte es an Witz und Stilgefühl, und der französischen Sprache tat er Gewalt an. Fremde Ohren hätten darin nichts als Kauderwelsch und hohle Worte ausgemacht. Und dennoch verbargen sich darin ungeahnte Schätze. Ich begnügte mich nicht damit, unseren Liebesdialog nach seinem buchstäblichen Sinne zu interpretieren, nein, ich studierte ihn wie einen heiligen Text, ich durchforschte ihn nach kabbalistischen Zeichen, ich stieß auf Deutungen, die einander widersprachen. Die Liebe ähnelte einer Diskussion unter Talmudgelehrten; ich war Lehrer und Schüler zugleich, Verfasser und Exeget. Von jedem Satz, den Jules aussprach, hatte ich eine abweichende Lesart anzubieten; ich jonglierte mit seinen Worten und lernte sie auswendig; meinem Geist blieb es überlassen, sie wieder vernünftig zusammenzusetzen. Jules ahnte nicht, daß ich mich solchen Auslegungen hingab, ihm reichte es, die Ereignisse so zu nehmen, wie sie sich ihm darboten; eine Analyse versuchte er nie. Jetzt schaute er ungeduldig auf die Uhr und schlug vor, zu mir nach Hause zu gehen; ich willigte ein – ich hoffte, es würde günstige Auswirkungen auf meinen Aktienkurs haben, wenn wir fusionierten. Jules bestellte ein Taxi, und wenige Minuten später waren wir vor meinem Haus angelangt. In der Wohnung dachte ich an die früheren Mieter; wie viele Verliebte mußten sich hier vor uns getroffen haben, namenlose Liebende, rechtmäßige Paare, andere, die bloß eine Nacht miteinander verbringen wollten, ich führte sie mir vor Augen, und ich haßte sie, sie hatten diesen Ort besudelt mit ihrer Begierde, ich verfluchte sie, weil sie uns vorausgegangen waren. Jules zog mich aus, er flüsterte mir zärtliche Worte zu – die Kurve meiner Börsennotierung zeigte nach oben –, er preßte mich gegen die Wand – ich erfreute mich eines außergewöhnlichen Kursanstiegs –, er hakte meinen BH auf – ich wurde zu einem Spitzenwert –, aber plötzlich sprangen unsere inneren Dämonen hervor: meine Mutter zwängte sich in meine Gedanken und blockierte all meine Muskeln, während sich seine Frau im selben Augenblick übers Handy kundtat. Ich schaffte es, die Mutter fernzuhalten, indem ich ein Chanson von Barbara vor mich hin summte, deren Stimme meine Mutter nicht ausstehen konnte. Jules hielt seine Frau nicht auf Distanz. Während ich sang, sprach er so sanft mit ihr, daß es mich aus der Fassung brachte. Er fuchtelte mit den Händen herum, um mir zu bedeuten, ich solle ruhig sein, aber ich sang lauter und lauter, denn schließlich mußte ich seine Lügen übertönen: »Ja, ich bin noch auf Arbeit, die Märkte sind sehr angespannt, der CAC 40 hat mehrere Punkte eingebüßt, nein, ich werde nicht trödeln ...«, ich erriet, daß sich meine Notierung verschlechtert hatte, bald würde man die Aktie zu Schleuderpreisen abstoßen müssen; in mir braute sich unweigerlich eine Gefühlskrise zusammen, und aus Furcht vor den Folgen raffte ich meine Sachen zusammen und stürzte wortlos aus der Wohnung.

Im Taxi, das mich irgendwohin, weit weg, brachte, hörte ich mir die vielen Nachrichten an, die Jules auf meine Mail-box gesprochen hatte. Ich löschte sie eine nach der anderen. Jedesmal, wenn ich auf die Löschtaste drückte, schien es mir, als zerstörte ich ein Fragment unserer gemeinsamen Geschichte; schon ein leichtes Antippen der Taste genügte, und die Seiten unseres Buches flatterten von selbst heraus. Das Geschlinger des Taxis wiegte mich ein. Durchs Radio drangen die Nachrichten. Ach, der CAC 40 hatte bei Börsenschluß in New York drei Punkte verloren! Die Emma-Blum-Aktie wurde nicht mehr gehandelt! »Ich glaube, die Firma sucht einen neuen Käufer«, bemerkte der Taxifahrer. Wer rettete Emma Blum vor dem moralischen Konkurs?

Die Antifeministinnen

Schon am nächsten Tag braute meine Mutter im Krankenhaus ihre Gifte. Sie hatte zwei Frauen an ihrer Seite, die nichts taten, als über andere Leute zu reden: wenn sie das Leben der anderen heraufbeschworen, brauchten sie wenigstens nicht an die Eintönigkeit und das Debakel ihrer eigenen Existenz zu denken. Suzanne, die Kindheitsfreundin, die meine Mutter schon in der Grundschule in Algier kennengelernt hatte, war eine kleine Brünette, deren Körpermaße die Männer früher scharfgemacht hatten; jetzt flößten sie ihnen nur noch Entsetzen ein. Mit den Jahren hatte sich ihr Körper zusammengestaucht – sie war erst 61 und maß nur noch einen Meter fünfzig, und wie ein Pony sich mit einem schweren Karren abmüht, mußte ihr Rücken Brüste von einer solchen Üppigkeit tragen, daß nur ein maßgeschneiderter BH sie noch halten konnte. Obwohl sie sich mit einer buntgemusterten Stola schmückte, wirkte alles an ihr trist und grau. Als ich ihr bei meiner Mutter begegnet war, hatte ich an ein Chanson von Ferré denken müssen: *Avec le temps, avec le temps, va, tout s'en va.* Ihre Schönheit war ausradiert, ihr Mann hatte die Flucht ergriffen, und die einzige Tochter war nach Australien gezogen. In ihrer Jugend war Suzanne so schön gewesen, daß eine Jury aus Familienmitgliedern und Freunden sie in den fünfziger Jahren zur Miss Algier gekürt hatte. Meine Mutter hatte mir ein Foto von ihr gezeigt: da war sie fünfzehn, trug ein Kleid aus blauem Vichy und Ballerinenschuhe aus feinem Leder; die Haare hatte sie zum Dutt hochgesteckt. Das war eine andere Suzanne. Ihre großen grünen Augen, die sie mit Eyeliner betont hatte, strahlten über die vom Sonnenbaden gebräunte Haut. Sie lächelte selig, und aus diesem Lächeln konnte ich alles ablesen, was ihr die Zukunft zu versprechen schien. Die Suzanne, die im Krankenhaus vor mir stand, krampfte ihre aufgesprungenen, von kleinen Falten umschlossenen Lippen zusammen, und in dieser Grimasse las ich alle Enttäuschungen ihres Lebens.

Die zweitbeste Freundin meiner Mutter, Lucienne, war eine frühere Arbeitskollegin, Näherin wie sie auch; sie hatten sich kennengelernt, als meine Mutter bei Chanel arbeitete. Sie war eine große und schöne Frau, kleidete sich elegant und stolzierte stets auf Pumps mit zehn Zentimeter hohen Pfennigabsätzen umher. Diese Absätze ließen, so behauptete Lucienne, sämtliche Männer, »diese Fußfetischisten«, in erotische Phantasien verfallen. Ihr Gesicht, das sie sorgfältig schminkte, ähnelte dem eines Porzellanpüppchens. Sie hatte auch dessen Zerbrechlichkeit und, wie man hätte meinen können, Sanftheit. Wenn sie jedoch den Mund auftat, überkam mich das unbändige Bedürfnis, ihr die Augen auszukratzen – diese Frau war eine gefürchtete Kritikerin, berühmt für ihr Geschick beim Verbreiten von Gerüchten, ihren Sinn für Übertreibungen und ihre schneidenden Antworten. Was meine Mutter anging, so hatte sie seit dem Tod meines Vaters alle Spuren von Weiblichkeit an ihrem Körper gelöscht. Sie schminkte sich nicht mehr, frisierte sich mit den Fingern, schnitt ihre Nägel ganz kurz und lackierte sie nicht mehr. Ihre Fingerkuppen, zerfressen von den Reinigungsmitteln, mit denen sie ihr ganzes Leben gewirtschaftet hatte, sahen jetzt so rauh aus wie Baumrinde. Einmal monatlich tauchte meine Mutter ihren Körper in ein Ritualbad, das mit Quellwasser gefüllt war, und wollte ihn so von seiner Befleckung reinigen. Sie spülte ihre Haare mit Essig, um jede Unreinheit herauszuwaschen. Sie säuberte ihr Gesicht morgens und abends mit einer hautstraffenden Lotion. Vor jeder Mahlzeit schließlich schritt sie zu ihren Waschungen. Jede ihrer Gesten zielte auf Reinigung ab; so wurde sie zu einem geschlechtslosen Wesen. Sie trug stets die gleichen Kleider aus geblümtem Baumwollstoff, die glockig über die Hüften fielen, und um die Taille schnürte sie ihre Küchenschürze, gesprenkelt mit Fettflecken, die keine Waschmaschine der Welt mehr wegbekommen hätte. Wenn ich ihr vorwarf, sie vernachlässige ihr Äußeres, antwortete sie mir: »Schminken soll ich mich? Wem soll ich denn damit den Kopf verdrehen? Und ob ich mir selbst gefalle, das ist mir wirklich egal!«

Als sie ihren Mann begrub, hatte sie auch ihre Wünsche mit beerdigt. Dennoch besprengte sie sich, ihrem früheren Arbeitgeber treu, mehrmals am Tag mit Chanel N° 5. Dies war der Duft für ihre Haut und das Raumspray für die Zimmer. Ihrer Leidenschaft für das Haus Chanel lag eine Neurose zugrunde. Meine Mutter stammte aus bescheidenen Verhältnissen – der Vater war Arbeiter gewesen, die Mutter Hausfrau – und hatte bei einer ehemaligen Stickerin, die bei Balenciaga beschäftigt war, das Nähen erlernt. Dann war es ihr gelungen (wie bloß?), bei Chanel eingestellt zu werden. Von jenem Tage an lebte sie wie ein Groupie nur noch im Schatten des illustren Hauses, sammelte Bücher und Zeitungsausschnitte über Coco Chanel. Seit ich dreizehn war, zwang sie mich, die Kleider der berühmten Couturiers zu tragen, sie nähte deren Entwürfe mit Eifer nach und brachte darauf Knöpfe an, die sie von Vorjahresmodellen wiederverwendete. Seit sie in Rente war, brachte sie viele Stunden damit zu, mir Haute-Couture-Modelle zu schneidern, namentlich ein Hochzeitskleid aus weißer Seide. Das war mit Perlen besetzt und mit einem Schleier versehen, den sie aus so empfindlichem Stoff gefertigt hatte, daß schon ein leichtes Darüberstreifen mit dem Fingernagel genügt hätte, ihn zu zerreißen. Sie arbeitete mit einer solchen Geduld, daß man hätte meinen können, sie habe an der Erschaffung der Welt teil. Ich bewunderte sie, wenn sie nähte und dabei ihren Beschwerden trotzte: dem schwachen Augenlicht, der Arthrose, die ihr an den Fingern fraß, den Lendenwirbelschmerzen; ich sah, wie sie das Werk ihrer Hände betrachtete, sie ließ ihren Traum und den ihrer Freundinnen Wirklichkeit werden – die Hochzeit. Andere Träume hatten sie nie gehabt. Von unterwürfigen Müttern erzogen, mit neunzehn verheiratet, schwangen sie sich zu Verfechterinnen der männlichen Sache auf. Sie kämpften gegen die feministische Knechtung, predigten die Gewaltenteilung: den Frauen stand es zu, über das ordentliche Funktionieren der Familienzelle zu wachen; die Männer hatten die Pflicht, für die materiellen Bedürfnisse der Familie aufzukommen. Sie analysierten die Funktionsstörungen der Gesellschaft nach Kriterien, welche sie im Laufe der Jahre erarbeitet hatten. So stieg die Zahl der Scheidungen Jahr für Jahr, »weil die Frauen zu viel arbeiten und ihre Ehemänner vernachlässigen«. Die Männer strebten nicht mehr in die Ehe, »weil die Frauen schon in der ersten Nacht mit ihnen Liebe machen«. Junge Frauen heirateten später und später, »weil sie den Männern angst machen«. Diese Vorurteile waren so fest in ihrem Denken verankert, daß ein Heer glühender Feministinnen es nicht geschafft hätte, sie zu widerlegen. Meine Mutter und ihre Freundinnen waren sogar zu verschiedenen Experimenten am menschlichen Objekt geschritten: Marie-Louise, die älteste Tochter von Suzanne, mit fünfundvierzig Jahren noch ledig, wurde zur Laborratte erhoben. Marie-Louise, mit der sie »alles versucht« hatten: eingefädelte Begegnungen, Präsentationen, sogar Heiratsannoncen. Vergebens. Nach mehreren fruchtlosen Bemühungen waren sie zu dem Schluß gekommen, daß Männer über vierzig, die noch nicht verheiratet waren, allesamt irreparable Makel aufwiesen: Perverse, Schizophrene, alte Junggesellen, Sonderlinge. Und sie hatten es aufgegeben, Marie-Louise zu verheiraten. Wenn sie auf die Zukunft der Unverheirateten zu sprechen kamen, wurden die drei Frauen zu Naturwissenschaftlern (sie stützten sich auf Untersuchungen, die belegten, daß mehr Mädchen als Jungen geboren werden), zu Philosophen (sie zogen die Bibel herbei: »es ist nicht gut, daß der Mensch allein sei«), Sexualwissenschaftlern (»Sexualität ist etwas Notwendiges, und sie muß in der Ehe Gestalt annehmen«), Psychiatern (Alleinstehende zeigten mehr depressive Syndrome als verheiratete Frauen) und sogar zu Hellsehern (»alte Jungfern erwartet eine trübe Zukunft«). Ihre Gespräche kreisten um die verschiedenen Stufen der Existenz: die Geburt, die Heirat (nebst ihrer logischen Entsprechung, der Scheidung) und den Tod. Alte Jungfern, unfruchtbare Frischvermählte sowie die Geburt von Mädchen waren dabei ihre Lieblingsthemen.

Diesmal hatte Lucienne einen Gesprächsgegenstand ausgewählt, der ihnen besonders am Herzen lag: die großen Verlierer in der genetischen Lotterie waren jene Eltern, die ein Baby von weiblichem Geschlecht hatten.

»Und weißt du, Nina, daß Simones Tochter *schon* wieder ein Mädchen gekriegt hat?«

Meine Mutter nahm die Neuigkeit mit betrübter Miene auf. Sie setzte sich auf und rief in einem schneidenden Ton, der die ganze Tragweite des Dramas veranschaulichte: »O mein Gott! Das dritte Mädchen!«

Dreimal verflucht, dachte ich im Innersten.

Meine Mutter stieß die Decke, die ihre Beine bedeckte, von sich und setzte sich auf die Bettkante. Sogleich wandte sie sich an Lucienne und kratzte dabei ihre linke Wade mit dem rechten Fuß: »Hattest du mir nicht gesagt, sie hätte eine strenge Diät eingehalten?«

»Ja, ich kann dir versichern, daß sie mehr als neun Monate lang all ihre Speisen gesalzen hat.«

»Das Geschlecht des Kindes steht schon in den ersten Monaten fest«, behauptete ich.

Die Frauen musterten mich geringschätzig.

»Solange das Kind nicht geboren ist, steht noch gar nichts fest«, sagte meine Mutter.

»Ach«, sagte ich seufzend, »Hauptsache, daß dem Kind zwischen den Beinen ein Geschlecht gewachsen ist!«

»Also wirklich, Emma, was ist mit dir los?«

Ich schwieg und senkte den Blick.

»Ihre eigene Mutter hatte vier Töchter«, fuhr Lucienne fort, »in dieser Familie verstehen die Frauen nur Mädchen zu machen.«

»Es sind die Männer, die das Geschlecht des späteren Kindes bestimmen«, murmelte ich.

Sie schauten mich an, als hätte ich ein Schimpfwort losgelassen.

»Woher hast du denn dieses dumme Zeugs?« fragte meine Mutter.

»Die Wissenschaftler behaupten es.«

»Aber die Geburt ist eine göttliche Angelegenheit!« rief sie entrüstet.

Suzanne, die zu diesem Thema nichts beisteuern wollte, weil sie ja selber nur ein Mädchen ausgetragen hatte, fragte jetzt meine Mutter unverblümt: »Und die Frau deines Sohnes, ist die immer noch nicht schwanger?«

»Nein.«

»Immerhin sind sie schon sieben Jahre verheiratet.«

Meine Mutter zuckte zum Zeichen ihrer Ohnmacht die Schultern.

»Ich hoffe bloß, sie ist nicht steril«, sagte Suzanne.

Meinem Bruder konnte sie eine mögliche Unfruchtbarkeit ja schlecht unterschieben.

»Das wäre wirklich eine Tragödie«, gestand meine Mutter ein und faßte sich ans Herz.

»Er müßte sich dann scheiden lassen«, schlußfolgerte Lucienne.

Aus dieser Diskussion, die selber reichlich steril war, hielt ich mich raus. Ich dachte gerade an das Bild von Hirszenberg, als Lucienne mich brüsk anredete: »Und du, Emma? Du mußt auch langsam ans Heiraten und Kinderkriegen denken!«

»Das sage ich ihr ja pausenlos«, rief meine Mutter.

»Du hast doch jedenfalls die Absicht zu heiraten?« bedrängte mich Lucienne.

In diesem Augenblick lösten sich meine Gedanken von meinen Worten ab: »Ja, bald.« (Nein, niemals.)

»Du bist doch richtig mit jemandem zusammen?«

»Ja.« (Ja, richtig heimlich.)

»Und was ist das für ein Mann, den du da vor uns versteckst?«

»Er ist perfekt.« (Außer daß er verheiratet und Familienvater ist.)

»Mag er denn wenigstens auch Kinder?«

»Ja.« (Er hat ja selbst zwei.)

»Und wann stellst du ihn uns vor?«

»Demnächst.« (Sobald er geschieden ist.)

»Er ist doch nicht geschieden?«

»Nein, zum Glück nicht.« (Nein, leider nicht.)

»Und was macht er so?«

»Er arbeitet im Finanzwesen.«

»Ach, ein Banker?«

»Ja.« (Nein.)

»Aber worauf wartest du denn noch?«

»Daß er um meine Hand anhält.« (Daß er seine Frau verläßt.)

»Und das wird bald passieren?!«

»Ja, das wird bald passieren.« (Nein, er wird sich niemals scheiden lassen.)

Sie brummelte etwas und nickte mir zu. Jetzt stellte ich ihr die üblichen Fragen.

»Und du, Lucienne? Wie geht es deinem Mann?«

»Sehr gut.« (Sehr gut, das glaube ich.)

Meine Mutter musterte sie eingehend. Ihr Blick nahm jedes Fleckchen des Körpers ihrer Freundin unter die Lupe. Dann rief sie plötzlich aus: »Du hast ja ein solches Glück!«

»Wieso?« fragte Lucienne in einem Ton, welcher die Verwirrung verriet, die in ihr durch diese unangebrachte Behauptung entstanden war.

»Na, weil dein Mann noch lebt!«

»Ach ja, natürlich.« (Wie würde ich froh sein, wenn er tot wäre!)

»Du hast einen wirklich außergewöhnlichen Mann geheiratet!«

»Ja, außergewöhnlich ist er!« (Ein Dreckskerl! Ein Schuft von der übelsten Sorte!)

»Ein brillanter Mensch.«

»O ja!« (Eine unfähige Person!)

»Arbeitet er immer noch im Verkehrsministerium?«

»Ja.« (Jetzt ist es schon zehn Jahre her, daß sie ihn entlassen haben.)

»Und vor allem: so ein treuer Mann!«

»Sehr treu!« (Er hat mich schon am Hochzeitsabend betrogen.)

»So aufmerksam.«

»Ja.« (Unseren Hochzeitstag vergißt er seit vierzig Jahren.)

»Und so zärtlich zu dir.«

»Ja, zärtlich.« (Außer wenn er mich geschlagen hat.)

»Männer wie ihn trifft man heutzutage nirgends mehr.«

»Das ist wahr!« (Wenn wenigstens das wahr wäre!)

»Drück ihn von mir ganz herzlich!«

»Das mache ich ganz bestimmt!« (Wenn ich diesen Schuft sehe, spucke ich ihm ins Gesicht!)

Meine Mutter setzte sich in ihrem Bett auf: »Siehst du, Emma, ich wünsche dir, daß du mit deinem Zukünftigen auch so glücklich bist wie Lucienne mit ihrem Mann!«

Als ich diese Worte hörte, drehte ich mich zu Lucienne um und lächelte ihr zu. Sie erwiderte mein Lächeln zaghaft. Wir verharrten einen Augenblick, mit angespannten Kiefern, unfähig, den Mund aufzutun oder die Lippen zu entkrampfen. So entdeckte ich die angstlösenden Wirkungen von Lüge und Heuchelei.

Weil die drei Gesprächsthemen jetzt ausgeschöpft waren, standen Suzanne und Lucienne auf und verließen das Krankenzimmer, nachdem sie meine Mutter ausgiebig umarmt und geküßt hatten. Kaum waren sie fort, ging meine Mutter mich an: »Du willst doch hoffentlich nicht so enden wie Marie-Louise?«

Vor allem wollte ich nicht Lucienne ähnlich werden.

»Suzanne hat mir von einem prima Mann erzählt.«

»Auf Suzannes Geschmack gebe ich nicht viel.«

»Er ist Urologe und heißt Théodore Gerszterkorn.«

Ich schaute woandershin.

»Du könntest dich wenigstens mal mit ihm treffen.«

»Nein.«

»Du solltest deine Zeit nicht mit einem verheirateten Mann vergeuden.«

»Vor allem sollte ich meine Zeit nicht damit vergeuden, mit dir zu reden.«

Ich begann meine Sachen zusammenzusuchen und griff nach dem Mantel, als meine Mutter über Schmerzen in der Lendengegend klagte.

»Soll ich eine Krankenschwester rufen?« bot ich an.

»Nein, nein, es geht schon«, entgegnete sie stöhnend.

Ich trat ans Bett, um ihr zu helfen, sich richtig hinzulegen.

»Ziehst du zu mir, bis ich wieder auf dem Posten bin?« fragte sie und bewegte ihren Kopf dabei von oben nach unten und von unten nach oben.

Aus Nachahmungszwang führte ich dieselbe Bewegung aus, was sie sogleich als Zustimmung deutete.

»Danke, Emma. Du wirst sehen, du wirst sehr glücklich mit mir sein.«

»Ja.« (Nein.)

»Ich werde mich nicht in deine Angelegenheiten einmischen.«

»Das weiß ich ja.« (Das bezweifle ich aber.)

»Ich werde keine Bemerkungen machen.«

»Natürlich nicht.« (Du wirst mich einfach nur belästigen.)

»Ich werde mich um dich kümmern.«

»In Ordnung.« (Ich werde dagegen opponieren.)

»Wir werden ganz eins sein, so wie damals, als du noch in meinem Bauch warst.«

»...« (...)

Vom Zusammenleben außerhalb des Mutterleibes

Wir standen früh um sieben auf. Wir schlüpften in unsere Hausschuhe und krochen in unsere Morgenröcke. Wir öffneten die Fensterläden, lüfteten das Zimmer, machten unser Bett. Wir entkleideten uns im Badezimmer, wir wogen uns, wir duschten, wir bürsteten unsere Zähne und unsere Haare, wir säuberten unsere Ohren. Wir zogen uns an, und gegen sieben Uhr dreißig gingen wir hinunter, um ein paar Einkäufe zu machen und beim Bäcker vorbeizuschauen. Um sieben Uhr fünfundvierzig kehrten wir ins Haus zurück und bereiteten unser Frühstück vor. Wegen unserer Diabetes aßen wir leichte Kost, wir tranken einen Kaffee, wir räumten den Tisch ab, wir saugten Staub, wir brachten ein Zimmer nach dem anderen in Ordnung. Schließlich, wenn uns alles sauber schien, setzten wir uns aufs Wohnzimmersofa, wir schalteten den Fernseher ein, um uns *Feuer der Liebe* anzuschauen, und dann lasen wir. Klingelte das Telefon, gingen wir abwechselnd ran. Gegen elf gingen wir auf den Markt oder in den Lebensmittelladen. Gegen zwölf kehrten wir nach Hause zurück und kochten das Mittagessen. Wegen unserer Diabetes aßen wir leichte Kost. Wir tranken Kaffee, wir räumten den Tisch ab, wir saugten Staub, wir brachten ein Zimmer nach dem anderen in Ordnung. Schließlich, wenn uns alles sauber schien, setzten wir uns aufs Wohnzimmersofa, wir schalteten den Fernseher ein, wir schauten uns *Amüsante Kreuzfahrt* an, und dann lasen wir. Klingelte das Telefon, gingen wir abwechselnd ran. Um 16 Uhr gingen wir zur Post oder auf die Bank, um unseren Kontostand zu prüfen. Gegen 17 Uhr kehrten wir nach Hause zurück und begannen, das Abendessen zu kochen.

Wegen unserer Diabetes aßen wir leichte Kost, wir tranken einen Eisenkrauttee, wir räumten den Tisch ab, wir saugten Staub, wir brachten ein Zimmer nach dem anderen in Ordnung. Schließlich, wenn uns alles sauber schien, setzten wir uns aufs Wohnzimmersofa, wir schalteten den Fernseher ein, wir schauten uns die Sendungen im ersten Programm an. Klingelte das Telefon, nahmen wir nicht ab. Um 22 Uhr gingen wir schlafen. Sie in ihr Zimmer, ich in die Wohnstube.

Aber ich schlief nicht. Die Schlaflosigkeit blieb mein privater Bereich.

22.05 Uhr: Erfolglose Versuche, in den Schlaf zu finden. Ich drehte mich auf die linke Seite, auf die rechte. Ich legte mich der Länge nach auf den Rücken, rollte mich auf den Bauch, erhob mich wieder. Ich zog die Bettdecke zu mir hoch, steckte den Kopf unters Laken, schob die Decke nach unten, klemmte den Kopf unters Kissen, zählte Schafe, summte ein Wiegenlied, feuerte das Kopfkissen quer durchs Zimmer, knipste das Licht an, las, knipste das Licht aus, machte die Augen zu, machte sie wieder auf, machte sie zu, machte sie auf, machte sie zu ...

23.45 Uhr: Von einem dumpfen und starken Angstgefühl erwacht. Ich glaubte, dunkle Umrisse zu erkennen, die um mich waberten. Ich knipste das Licht an, ich war allein im Zimmer, ich knipste das Licht wieder aus und schloß die Augen.

00.02 Uhr: Angst vor der Dunkelheit.

01.23 Uhr: Von einem Reifenquietschen auf der Straße erwacht.

03.34 Uhr: Von mir selbst erwacht. War ich bei meinem Einschlafen nicht das Haupthindernis?

03.56 Uhr: Angst vor der Nacht.

03.59 Uhr: Angst vor der Einsamkeit.

05.01 Uhr: Von einem Alptraum erwacht. Jules' Frau war mit einem Küchenmesser bewaffnet und versuchte, mir die Klinge in die Gebärmutter zu rammen. Falls es nicht der Zeiger meiner biologischen Uhr war, der sich mir in die Eingeweide schob.

05.25 Uhr: Von wiederholtem Druck auf meine Blase erwacht. Ich stand auf, ging zur Toilette und vernahm das Schnarchen meiner Mutter, das Motorenlärm ähnelte; ich legte mich wieder schlafen. Die Lider fielen mir zu, und ich sah das Gesicht des *Jungen Mannes* von Hirszenberg.

05.45 Uhr: Vom Knarren des Wohnzimmerparketts erwacht. Ich schlug die Augen auf und erblickte meine Mutter, die an dem Schrank stand, in dem ich meine Manuskripte und ein paar Bücher verstaut hatte, und nach etwas tastete. Träumte ich, oder war ich tatsächlich wach? Ich sah ganz deutlich, wie sie die Schubladen aufzog, sie wühlte in meinen Sachen herum – was suchte sie bloß? Ein Tagebuch führte ich seit zehn Jahren nicht mehr. Plötzlich verharrte ihr Körper unbeweglich. Ihr Kopf verschwand hinter der Schranktür, und ich hörte, wie sie bestimmte Dinge umräumte. Als sie die Tür wieder schloß, hielt sie das Manuskript in den Händen, das mir der Verlag mit nach Hause gegeben hatte und das schlicht und einfach »X« betitelt war. Ich rieb mir wie wild die Augen, es mußte sich um einen Alptraum handeln, was tat meine Mutter mitten in der Nacht mit einem pornographischen Text? Ich richtete mich im Bett ein wenig auf. Nein, ich träumte nicht: meine Mutter war gerade auf Zehenspitzen aus dem Wohnzimmer geschlichen, und das unautorisierte Manuskript hielt sie wie einen Schatz an ihren gedrungenen Körper gepreßt.

Als ich am Morgen aufwachte, fand ich das Manuskript, wo ich es am Vorabend hingelegt hatte, in der dritten Schrankschublade unter meinem Bücherstapel. Hatte ich doch geträumt? Oder hatte meine Mutter den Text im Morgengrauen an seinen Platz zurückgelegt? Ich war überhaupt nicht in der Lage, meine Fragen zu beantworten, denn ich war erschöpft, weil ich kaum geschlafen hatte. Ich konnte sowieso nur noch einschlafen, wenn ich vorher ein Schlafmittel genommen hatte. Ich wurde schnell aggressiv, apathisch: das kleinste Geräusch schien mir das Trommelfell auseinanderzureißen. Aus diesem ungleichen Kampf mit dem Schlaf ging ich jeden Morgen völlig entkräftet hervor. Ich konnte mich nicht mehr konzentrieren oder auch nur eine Seite lesen, ohne einzunicken. Derart mit mir beschäftigt, merkte ich nichts von den Schlichen meiner Mutter. Erst nach mehreren Nächten tiefen Schlafs, den ich der wiederholten Einnahme superstarker Schlafmittel zu danken hatte, entdeckte ich, was sie in meiner Abwesenheit ausgeheckt hatte. Sie schlich in die Wohnstube und wieder heraus und schloß sich stundenlang in ihrem Zimmer ein. Sie begleitete mich nicht mehr beim Einkaufen. Sie redete mich mit sanfter Stimme an, wurde nicht mehr laut und schaltete den Fernsehapparat nicht ein. Sie ähnelte jenen starken Rauchern, die nach allzu langer Entwöhnung den Geschmack einer Zigarette wiederentdecken. Ich überwachte sie: ich hatte den Verdacht, daß sie heimlich die Manuskripte las, die ich von der Arbeit mitbrachte. Geahnt hatte ich es schon seit jener Nacht, als ich sie überrascht hatte, aber damals war sie noch ziemlich vorsichtig gewesen. Seit einigen Tagen machte sie sich jedoch nicht einmal mehr die Mühe, die Texte an ihren ursprünglichen Platz zurückzulegen. Niemals fand ich sie dort, wo ich sie hingepackt hatte. Und als ich eines Tages Flecken von Tierblut auf den Seiten entdeckte – das Prägezeichen meiner Mutter –, begriff ich, daß ich nicht geträumt hatte: Nina Blum, die würdige und ehrbare Witwe, entdeckte die erotische Literatur. Um mir ganz sicher zu sein, steckte ich ein paar Lesezeichen in die Manuskripte. Als ich wieder nachschaute, entdeckte ich bestürzt, daß sich jemand an ihnen zu schaffen gemacht hatte. Eine schmerzliche Gewißheit: meine Mutter las die Texte der jungen Avantgardeliteraten und schien Gefallen daran zu finden. Mit sechzig Jahren machte sie ihre Sexualerziehung durch. Was empfand sie dabei? Verspürte sie kein Schamgefühl, wenn sie diese Seiten überflog, die selbst ich nur mit Unbehagen las? Ich verabscheute die erotische Literatur – ich hatte den Job nur aus finanzieller Not angenommen –, aber meine Mutter schien eine eifrige Pornoleserin zu sein. Ich war völlig ratlos. Eltern werden darin ausgebildet, mit solch peinlichen Situationen richtig umzugehen: sie wissen, daß sie unterm Bett ihres Sohnes eines Tages vielleicht ein Erotikmagazin finden werden oder im Bücherschrank ihrer Tochter ein schlüpfriges Buch. Aber sind Kinder darauf vorbereitet, die Sexualität ihrer Eltern zu entdecken? Gewiß nicht, und ich war es schon gar nicht. Ich war von einer keuschen Mutter erzogen worden, die ihrer Weiblichkeit, ihrer Sinnlichkeit entsagt hatte. Und was ihre Sexualität anging, so blieb diese ein unangreifbares Tabu. Ich überlegte, ob ich die Arbeitsstelle wechseln sollte, um nicht länger gezwungen zu sein, diese anstößigen Manuskripte mit nach Hause zu nehmen, aber meine Anstrengungen waren nutzlos. Die Verlage stellten niemanden mehr ein. Ich erlitt, ja erlitt, dieses Eindringen wie eine Vergewaltigung. Ich war jene Mutter, die voll Entsetzen ihren Sohn gerade in dem Moment überrascht, wo er eine Pornokassette in den Videorecorder der Familie einschiebt. Ich stand da – ohnmächtig – und malte mir aus, wie meine Mutter las und Lust empfand. Schon allein das Bild, wie sie sich über die verbotenen Seiten beugte, erregte Übelkeit in mir. Jeden Tag suchte ich einen anderen Platz für die Manuskripte: unter der Matratze, im zweifach verschlossenen Schrank, in meiner Tasche, unterm Handtuchstapel; meine Mutter fand sie jedesmal. Sie hatte ja nur ein paar Dutzend Quadratmeter zu durchwühlen, ehe sie die Hand aufs Corpus delicti legen konnte. Ich ertrug meine Mutter nicht mehr: sie widerte mich an. Ich wurde herrschsüchtig und einsilbig, ich fand immer einen Vorwand, um einen Streit anzuzetteln. Ich wollte fliehen. Aber ich war in eine Falle geraten: meine Wohnung hatte ich an einen chilenischen Schriftsteller vermietet, der zeitweise in Paris lebte. Ich ertrug die Situation, ohne irgendwelchen Widerstand zu leisten, bis zu jenem Tag, als mein Bruder uns ankündigte, er werde nach Paris kommen. Seine Ankunft setzte jenem Erwachen der Sinne ein Ende – vorläufig jedenfalls, denn später sollte es auf ungeahnte Weise aufleben.

Die Rückkehr des verlorenen Sohnes ins Heilige Land

Nach jahrelangem Exil kam der verlorene Sohn zurück ins Heilige Land. Als er in der Empfangshalle des Flughafens Roissy-Charles-de-Gaulle auftauchte, erkannte ich ihn nicht sofort. Ich sah, wie eine dunkle und langgliedrige Silhouette auf mich zusteuerte, die einer Skulptur von Giacometti ähnelte, und ich schreckte einen Augenblick zurück. Seit wir uns das letzte Mal gesehen hatten, war er sehr dünn geworden. Sein abgemagerter Körper schlackerte in einem allzu weiten Mantel herum; in dieser Ausstaffierung erinnerte er mich an jene jüngeren Geschwister, die dazu verurteilt sind, die ausgeleierten Sachen der Erstgeborenen zu tragen. Er hatte sich einen Bart stehen lassen. Unter diesem Büschel schwarzer Haare, die von weißen Fäden durchzogen waren, wirkte sein Gesicht, das kein Leuchten mehr erhellte, bleich und abgezehrt. Er richtete ausdruckslose Augen auf mich; fast war er mir ein Fremder geworden; ich traute mich nicht, ihn zu küssen oder auch nur zu umarmen. So begnügte ich mich damit, ihn beim Handgelenk zu fassen, wie ich es schon immer getan hatte. Ich fragte ihn nicht, wie es seiner Frau gehe; die Vorstellung, daß er verheiratet war, hatte ich nie akzeptieren können. Er stellte sich vor mich, legte mir die Hände auf die Schultern und meinte dann zögernd: »Also, ich muß dir sagen, daß …«

Sein Gesicht war so nah an meinem, daß ich seinen Pfefferminzatem riechen konnte. Der Druck seiner Hände auf meinen Schultern beruhigte mich. Ich hätte mich ihm gern an den Hals gekuschelt, aber er ließ mich wieder los und murmelte: »Nein, ich sage es dir lieber morgen, wenn Mutter dabei ist.«

Während der ganzen Autofahrt stellte ich ihm keine Fragen, obwohl die Neugier mir auf den Lippen brannte. Ich zog alle möglichen Enthüllungen in Betracht. Ich stellte mir vor, daß er an einer schweren Krankheit litt – das war die wahrscheinlichste Hypothese –, daß man ihn entlassen hatte oder daß sein Psychoanalytiker aus New York fortgezogen war. Ich schaltete das Radio ein, und Musik löste die Stille ab.

Als ich in unsere Straße einbog, sah ich, daß meine Mutter hinterm Fenster nach uns spähte. Durch die Fensterscheibe gesehen, wirkten ihre Augen größer, sofern es nicht die Wiedersehensfreude war, die sie ihr derart weiteten. Ihr Gesicht begann zu strahlen. Sie fuchtelte wild mit den Armen herum. Ich stellte meinen Wagen vor dem Haus ab; ich dachte, daß sie mich beim Einparken beobachten und auf ein ungeschicktes Manöver lauern würde, aber als ich wieder hochschaute, sah ich, daß sie vom Fenster verschwunden war. Paul folgte mir in die Eingangshalle des Mietshauses, in der es penetrant nach Ausbackfett roch; er betrat den Fahrstuhl, immer noch schweigend, den Körper angespannt und wie vor dem Absprung. Kaum war er aus dem Lift getreten, warf sich unsere Mutter auf ihn, so wie jemand aus einem brennenden Haus springt. Ihn zu küssen, in die Arme zu nehmen und zu drücken, waren für sie einfache Überlebensgesten, von denen sie nicht wußte, daß sie womöglich ihren Tod beschleunigten: bald würde mein Bruder nach New York zurückkehren und sie fallen lassen, ohne auch nur versucht zu haben, den Aufprall abzufangen. In diesem Augenblick dachte sie einzig und allein an Ihn. Sie hatte eine lange rote Hemdbluse angezogen – wo sie doch niemals lebhafte Farben trug – und ihre Pantoffeln gegen ein Paar Ledersandalen eingetauscht, die ihr die Füße einzwängten. Sie hatte sogar Lippenstift aufgetragen – oh, wie ungeschickt! Wahrscheinlich hatte sie zuerst die Oberlippe geschminkt, und die hatte gegen die Unterlippe gerieben, denn die Farbe war verschmiert, und nun zogen sich rötliche Streifen über Kinn und Zähne.

»Komm schnell herein!« rief sie aus. Wenn ihr Sohn da war, wurde der Plural durch den Singular ersetzt.

Mit zögernden, unsicheren Schritten betrat Paul den heimatlichen Boden.

»O mein Sohn!« rief meine Mutter in einem Ton, aus dem man Erleichterung, Freude und Liebe quellen fühlte.

Die zärtlichsten Gefühle schienen in ihrem Herzen aufzukeimen und auch den gewöhnlich so rauhen Klang ihrer Stimme zu mildern. Die Wiederbegegnung mit ihrem Sohn ähnelte dem Lustgewinn beim Orgasmus. Und ich sah ihnen ohnmächtig zu bei ihren verliebten Spielen, ja, sie liebten sich – es war unanständig, sich so zu lieben unter den Augen meiner »Keiner-auf-der-Welt-mag-mich«-Gestalt, aber wenn der Sohn an ihrer Seite war, vergaß meine Mutter sogar, daß ich anwesend war. Ich existierte nicht mehr (und hatte ich jemals für sie existiert?), mein Körper wurde so durchscheinend, als hätte er eine Szintillographie durchgemacht. Ich beobachtete, wie sie sich geräuschvoll küßten, ineinander verschlangen, wie einer am andern klebte – schamlose, inzestuöse Liebende –, ich aber blieb abseits stehen, ich war der Spanner hinter der Tür, der seine Lust nur aus anderer Leute Lust ziehen konnte.

»Setz dich doch, du mußt ja erschöpft sein«, sagte sie und schob ihn in Richtung Sofa.

»Nein, ich bin nicht müde.«

»Emma«, befahl sie mir, »geh was zu trinken holen, dein Bruder hat bestimmt Durst.«

Das ganze Leben hatte sie die Wünsche ihres Sohnes schon im voraus erraten, sie hatte ihm die Mahlzeiten gebracht, ehe er danach verlangte, hatte ihn behandelt, ehe er krank wurde, hatte ihn geherzt und geküßt, ehe er das Bedürfnis verspürte, hatte ihn zugedeckt, ehe ihm kalt war, und ihm zu trinken gegeben, ehe er Durst bekam. Wovon könnte ein Wesen noch träumen, das alles erhalten hat, ehe es auch nur den Wunsch danach verspürt?

Ich fügte mich dem Befehl, wie ich es immer getan hatte. Die Männer des Hauses zu bedienen, war für mich so selbstverständlich wie das Atmen. Ich erinnerte mich an jene nicht enden wollenden Familienfeiern, auf denen die Männer bis tief in die Nacht bei Tisch saßen, tranken und die Gerichte aßen, welche die Frauen des Hauses ihnen zubereitet hatten, welche die Frauen des Hauses – schon wieder sie – ihnen auftrugen, jene köstlichen Gerichte, welche die Frauen des Hauses – immer noch sie, auf den Beinen, immerzu auf den Beinen – wieder forträumten vor den Augen der Männer des Hauses, die nichts sahen, vor ihren Mündern, die nicht danke sagen konnten, vor ihren Ohren, die die müden Seufzer und das bittere Gemurmel nicht hörten.

Die Männer fragten nach dem Salz.

Und sogleich stellte man ihnen den Salzstreuer auf den Tisch.

Sie verlangten nach Wasser.

Und sogleich brachte man ihnen eine Karaffe.

Sie wollten Tee trinken.

Und sogleich servierte man ihnen das dampfende, duftende Getränk.

Die Stimme der Männer werde erhört!

Amen!

Ich machte das Tablett für meinen Bruder fertig: ich füllte ein Kristallglas mit gekühltem Orangensaft, tat ein paar Eiswürfel hinein, stellte ein Schälchen mit Trockenfrüchten dazu. Von der Küche aus hörte ich ein paar Brocken ihres Gesprächs. Ich erkannte die kehlige Stimme meiner Mutter.

»Ich wäre wirklich fast gestorben«, sagte sie.

Ich preßte mein Ohr an die dünne Türfüllung.

»Was mag diesen Anfall wohl ausgelöst haben?« fragte Paul.

»Deine Schwester! Sie hat mich geärgert, wie üblich; anders kann sie ja gar nicht; mein Blutdruck ist in ein paar Sekunden auf zwanzig hochgegangen ...«

»Was für ein Ärger war das genau?«

»Was für ein Ärger genau? Deine Schwester macht, daß ich mich tausendmal am Tag ärgern muß!«

»Worüber denn?«

Ich drückte meinen ganzen Körper an die Küchentür.

»Deine Schwester weigert sich zu heiraten.«

»Ich sehe nicht, wo das Problem liegt.«

»Ich sage dir, daß deine Schwester nicht heiraten wird, und du fragst noch, wo das Problem liegt? Also schön – sie, sie selbst ist das Problem!«

Bei diesen Worten griff ich nach dem Tablett, auf dem Glas und Schälchen standen, und schleuderte alles gegen die Küchenwand.

»Was geht da los?« schrie meine Mutter quer durchs Zimmer.

Ich konnte hören, wie ihre Sohlen über den Boden klackten. Sie stieß die Tür auf und stand plötzlich in der Küche; mein Bruder war ihr dicht auf den Fersen.

»Nun schau sich einer dieses Gemetzel an!« rief sie und hob ihre Arme gen Himmel.

Ich ging mit gesträubten Haaren auf sie zu, den Mund vor Wut verzerrt: »Wie kannst du es wagen, meinem Bruder so etwas zu erzählen?«

»Ich berichte ihm ja nur die Tatsachen.«

»Du wirst mich am Ende noch verrückt machen!«

Paul baute sich zwischen uns auf: »Ich bin nicht hierher gekommen, um euch streiten zu hören.«

»Wir streiten uns nicht, wir sprechen nur miteinander«, sagte meine Mutter trocken.

Ein Gespräch mit unserer Mutter wirkte alles andere als beruhigend, es rief irreversible neurologische Störungen hervor und führte zu Angstzuständen. Sie faßte meinen Bruder beim Handgelenk und wandte sich dann in zuckersüßem Ton an ihn: »Du bist doch Rechtsanwalt, du bist es gewohnt, Probleme zu klären, also …«

»Vergiß nicht, daß ich auf Scheidungen spezialisiert bin.«

»Eine gütliche Einigung ist ausgeschlossen«, bemerkte ich.

Paul setzte sich auf einen Küchenstuhl und räusperte sich. Er zog aus seiner Jackettasche einen Federhalter und einen kleinen, in rotes Leder gebundenen Terminkalender. Auf die letzten Seiten kritzelte er ein paar Worte. Mein Bruder litt an einer Berufskrankheit: die kleinste Auseinandersetzung wurde unter seinen Händen rasch zu einer juristischen Affäre. Er konstatierte die chaotische Ausgangslage: die beiden Bewohnerinnen stritten sich um ein Territorium von 50 Quadratmetern. Sie hatten einander bereits den Krieg erklärt.

»Gut, beginnen wir mit der Darlegung der Fakten. Emma, ich höre.«

»Sie hat mich gezwungen, zu ihr zu ziehen.«

Sogleich fügte meine Mutter hinzu: »Der Kardiologe hat es so verlangt. Ich kann von einem Tag auf den andern sterben.«

»Wie jeder von uns«, entgegnete ich.

»Aber ich, ich bin krank! Ich habe ein schwaches Herz! Ich leide an hohem Blutdruck und Diabetes! Meine Nieren funktionieren nicht richtig, ich habe schreckliche Migräneanfälle, meine Kreislaufprobleme sind schlimmer geworden, ich riskiere eine Venenentzündung, ich habe Organsenkungen, eine Blasenentzündung, eine Fasergeschwulst, ein Magengeschwür und Schmerzen an den Brüsten …«

»Danke, Mutter, das genügt«, murmelte mein Bruder, als hätte er sich an seinen wichtigsten Zeugen gewandt. »Und du, Emma? Welchen Grund zur Klage hast du?«

»Sie läßt mir überhaupt keine Freiheiten, mischt sich in mein Leben ein und …«

»Aber ist das letztendlich nicht die Rolle einer jeden Mutter?«

»Laß sie ausreden!« ordnete mein Bruder an.

»Sie wühlt in meinen Sachen herum«, sagte ich und heftete dabei den Blick auf meine Mutter.

Sie schlug die Augen nieder, zog einen Flunsch und schmollte.

Ich wagte nicht, etwas von ihrem nächtlichen Eindringen ins Wohnzimmer zu verraten.

»Und du, Mutter, was hast du Emma vorzuwerfen?«

»Nichts«, meinte sie in einem bitteren Ton, aus dem ich schon Hunderte von Vorwürfen hervorquellen spürte.

»Nichts?« fragte er verblüfft.

»Oh, so gut wie nichts! Ich werfe ihr lediglich vor, daß sie allein lebt, daß sie Umgang hat mit einem verheirateten Mann, daß sie die weiße und die bunte Wäsche zusammen in die Waschmaschine wirft, daß sie im Flur nicht staubsaugt, daß sie den Topf mit den Gewürzgurken offen herumstehen läßt, daß sie den lieben langen Tag am Telefon zubringt, daß sie nicht Jura belegt hat statt dieses Französischstudiums, mit dem sie nichts erreicht hat, daß sie ihre BHs im Bad herumliegen läßt, daß sie sich mit dem Rasierapparat deines Vaters – Gott sei seiner Seele gnädig! – die Beine rasiert, daß sie beim Einkaufen nicht die Preise vergleicht, daß sie freche Antworten gibt, wenn ich …«

Mein Bruder fiel ihr ins Wort: »Ich schlage euch einen gerechten Plan vor: wir teilen das Territorium in zwei gleich große Hälften.«

»Du vergißt die gemeinsam genutzten Räume. Um ins Bad zu gehen, muß ich durch Mutters Zimmer. Und wenn sie in die Küche will, geht sie durch die Wohnstube.«

»Regeln wir die juristischen Fragen. Also zunächst einmal: was willst du, Mutter?«

»Ich möchte, daß deine Schwester so lange bei mir bleibt, bis sie heiratet. Immerhin gehört sie doch zu mir!«

»Du beanspruchst also ein Eigentumsrecht an Emma?«

»Ich kann nicht einfach zusehen, wie sie ihr Leben verschleudert!«

»Allenfalls kann ich erwägen, daß du ein moralisches Recht an ihrer Person besitzt.«

Meine Mutter, die von der Sprache der Juristen nichts verstand, begnügte sich damit, den Worten meines Bruders zuzustimmen.

»Und du, Emma, welche Rechte willst du einfordern?« fragte er und bohrte seine blauen Augen in die meinen.

»Das Recht auf Unabhängigkeit.«

Paul richtete einen fragenden Blick auf meine Mutter.

»Na schön, meinetwegen Unabhängigkeit«, willigte sie ein.

Paul drehte sich wieder zu mir, und ich legte meine übrigen Forderungen dar: »Das Recht auf Selbständigkeit.«

»Na schön, meinetwegen Selbständigkeit«, rief meine Mutter und schwenkte ihre rechte Hand mißmutig hin und her.

»Das Recht, wieder in meine Wohnung zu ziehen.«

Meine Mutter hielt inne, zögerte: das Rückkehrrecht war ein ernsthafter Stolperstein. Nachdem sie zwei Minuten überlegt hatte, stieß sie hervor: »Na schön, meinetwegen auch das Recht auf Rückkehr!«

»Das Recht darauf, daß mein Privatleben respektiert wird!« rief ich schließlich aus, das Herz voller Kühnheit.

Ein schwarzer Schleier legte sich über ihre Augen.

»Verstehst du darunter, daß ich mich nicht in deine Liebesgeschichten einmischen soll? Willst du, daß ich dein Verhältnis mit einem verheirateten Mann billige?«

Sacht hob und senkte ich den Kopf.

»Nein! Niemals! Verstehst du mich? In diesem Punkt werde ich niemals Kompromisse machen!«

Also würde der Friedensvertrag nie unterzeichnet werden.

Unser Wortwechsel wurde hitzig, als es um das Thema meines Liebeslebens ging und um dessen logisches Anhängsel, meine sexuelle Freiheit, obgleich diese Frage meine Mutter nicht weiter beunruhigte: sie stellte sich vor, daß ich mit dreißig noch Jungfrau war. Wie lange mußte man diesen latenten Kriegszustand wohl ertragen? Mein Bruder war ein miserabler Schlichter. Meine Mutter drehte sich zu ihm um und forderte ihn mit Nachdruck auf: »Erzähl ihr doch von deiner persönlichen Erfahrung! Sag ihr, daß die Ehe eine Quelle des Glücks ist!«

Sie baute sich vor mir auf, wies mit dem Finger auf Paul und sagte in einem Ton, der ganz von Stolz erfüllt war: »Schau dir deinen Bruder an; er wird bald seinen siebten Hochzeitstag feiern; es fehlt ihm nur noch ein Kind, dann wäre er ganz und gar glücklich.«

Ich beobachtete meinen Bruder. Ein trübes Licht, ähnlich dem Leuchten eines Lampions in einer dunklen Gasse, ging von seinen Augen aus. Tiefe Augenringe verfinsterten seinen Blick, in dem ich den Widerschein einer gequälten Seele erkannte, noch mehr.

»Nicht wahr, Paul, du bist glücklich?« hakte meine Mutter nach.

Paul antwortete nicht. Wir standen alle drei herum, ein Dreieck in der Mitte des Zimmers. Ich tat einen Schritt auf Paul zu, damit die drei Seiten gleich lang waren; ich stellte die familiäre Geometrie wieder her. Ohne unseren Vater hatte sich das Quadrat in ein Dreieck verwandelt; an der Spitze stand die Figur meiner Mutter und beherrschte uns von oben herab.

»Du bist glücklich, Paul, nicht wahr?« wiederholte sie.

»Ich lasse mich scheiden, Mutter.«

»Wie bitte?!«

»Du hast richtig verstanden. Julia und ich haben beschlossen, daß wir uns scheiden lassen.«

»Aber das ist doch nicht möglich!«

»Doch. Das Verfahren ist schon eingeleitet.«

Auf diese Weise destabilisiert, ließ meine Mutter wieder ihren sinnlosen Redeschwall los: »Nein ich verbiete dir dich scheiden zu lassen es handelt sich doch nur um eine vorübergehende Krise hast du schon vom verflixten siebten Jahr gehört alle Paare machen das durch und sogar dein Onkel der Bruder deines Vaters hätte sich beinahe scheiden lassen vor fünfzehn Jahren er war damals so schlank er hatte seine Krankheit noch nicht und ich kann dir versichern damals verstand er sich überhaupt nicht mehr mit seiner Frau oh mein

Gott sie zankten sich stundenlang morgens beim Aufwachen ging das schon los und dann bis zum Abend so weiter sie beschimpften sich die ganze Zeit und egal wo sie waren und ich sagte ihnen oh ja ich rief ihnen ins Gedächtnis wie sie sich im ersten Jahr ihrer Ehe geküßt hatten nämlich auch die ganze Zeit und egal wo sie waren aber dein Onkel antwortete daß er das alles vergessen hat dein Vater nannte das ›Ehe-Alzheimer‹ niemand schaffte es sie auszusöhnen sie sind zum Arzt gegangen zum Anwalt und sogar zu einem Sexualberater und am Ende hat dein Vater ihnen gesagt das ist das verflixte siebte Jahr er hatte gehört daß da viele auf der Strecke bleiben fast so viele wie jedes Jahr an Grippe sterben und überhaupt ist das auch ein Virus und man muß einfach abwarten daß es vorübergeht und ich glaube daß ...«

»Sei doch still!« schrie ich.

Meine Mutter hielt inne. Paul murmelte lakonisch: »Ich habe eine andere Frau kennengelernt.«

Sogleich spulte meine Mutter ihren Fragebogen ab: »Wie heißt sie? Ist sie Jüdin? Was machen ihre Eltern? Wo ist sie geboren? Wie alt ist sie? Was macht sie beruflich? Kann sie kochen? Leidet sie an angeborenen Krankheiten? Ist sie unfruchtbar?« Als sie damit fertig war, ließ sie sich mit einem Röcheln, in dem ihre ganze Angst lag, auf einen Stuhl fallen. Es warteten aber noch schlimmere Enttäuschungen auf sie. Mein Bruder ging auf alle ihre Fragen ein, doch jede Antwort stürzte sie fast wieder in Ohnmacht. Die neue Partnerin meines Bruders hieß nämlich Christina Rinner. Sie war eine Deutsche. Ihre Eltern besaßen eine Fleischerei in Berlin, wo Christina auch geboren war. Sie arbeitete als Anwältin in derselben Praxis wie mein Bruder. »Der Rest interessiert mich nicht«, sagte meine Mutter. »Ihre Herkunft ist die schlimmste aller angeborenen Krankheiten! Und sollte sie unfruchtbar sein, wäre das ein Geschenk des Himmels, denn eure Nachkommenschaft würde verflucht sein!«

Ich sagte dazu nichts. Das Wort »deutsch« war bei uns tabu.

Wir nahmen es niemals in den Mund. Mit vierzehn, als ich mir eine zweite Fremdsprache aussuchen mußte (als erste hatte ich Englisch gewählt), entschied ich mich auf der Stelle für Spanisch; ich lernte auch Latein und Griechisch, aber das Deutsche, diese leblose, verfluchte Sprache, war mir verboten. Meine Mutter weigerte sich sogar, mich mit meiner Klasse auf die traditionelle Entdeckungsreise nach Berlin zu lassen; ich blieb allein in Paris. »Wenn du willst, kannst du die ganze Welt entdecken«, sagte sie mir zum Trost, »aber Deutschland nicht.« Meine Mutter legte die talmudische Regel, nach der die Sünden der Eltern bis in die fünfte Generation fortwirkten, auf ihre Art aus. Und so schrie sie meinen Bruder an: »Aber warum zum Teufel hast du dir eine Deutsche gesucht? Auf der Welt gibt es Dutzende von Nationen, weshalb also gerade eine Deutsche?«

»Das war Zufall, Mutter. Ich habe Christina in New York kennengelernt, nicht in Berlin.«

»Und deine Frau?«

»Zwischen uns ist nichts mehr«, antwortete mein Bruder und schlug die Augen nieder.

»Das ist ja prächtig! Die Juden wollen keine Opfer mehr sein! Sie sind zu allem bereit, um dem deutschen Volk zu zeigen, wer hier der Herr ist. O mein Gott, was soll aus uns werden, wenn die Völkerverständigung heutzutage über den Sex geht?«

Pauls Kinn berührte schon seine Brust.

»Ist dir denn klar, was du uns antust? Eine Deutsche! Wie kannst du es wagen, das Wort ›Christina‹ mit dem Namen ›Blum‹ zu verkuppeln? Da könnte man gleich eine Hündin mit einem Menschen paaren!«

Als er diese Worte vernahm, fing mein Bruder an zu schluchzen. Ein weinender Mann; ich hatte das Gefühl, bei einer Vergewaltigung zuzuschauen, ich war der regungslose Zeuge eines Überfalls, ich rührte mich nicht, sondern starrte nur auf die Tränen, die ihm über die Wangen liefen.

»Nun reicht's aber!« rief ich und packte meine Mutter beim Arm. Dann wandte ich mich meinem Bruder zu und schrie: »Wie kannst du nur so feige sein? Soll etwa ich deine Verteidigung übernehmen, soll ich deine Waffen gebrauchen, dein Juristenfranzösisch?«

Paul sagte nichts; er wischte sich bloß mit dem Handrücken das Gesicht trocken. Im Beruf war er ein glänzender Wortführer, aber in seiner Privatsphäre entpuppte er sich als jämmerlicher Redner. Meine Mutter schien ganz verstört von diesen Tränen, wagte aber nicht, ihn zu besänftigen. Ich stellte mich vor sie hin, und in einem so selbstsicheren Ton, wie ich ihn noch nie gewagt hatte, ging ich zur Verteidigung über: »Während all der Jahre, die wir an deiner Seite lebten, hast du unser Privatleben angetastet und bist dabei viele Male in unsere intimen Angelegenheiten eingedrungen. Mißbrauch persönlichen Bildmaterials: hast du uns nicht heimlich Fotos weggenommen, um sie deinen Freundinnen zu zeigen oder bloßen Zufallsbekanntschaften? Verletzung des Briefgeheimnisses: hast du nicht unsere Post gelesen und meine intimen Tagebücher? Verletzung des Rechts auf ungehinderte Bewegung: hast du uns nicht zu Hause festgehalten, wenn wir ausgehen wollten?«

Mein Bruder hob den Kopf. »Du vergißt die Diskriminierung der Frauen«, fügte er mit tränenerstickter Stimme hinzu.

Meine Mutter war erschrocken nach hinten gezuckt.

»Wie kannst du die Brust beißen, die dich genährt hat? Ich habe nicht acht Jahre Studium bezahlt, damit mich mein eigener Sohn auf die Anklagebank setzt!«

»Ich klage dich nicht an«, murmelte Paul, »ich verteidige mich bloß. Ich möchte einfach nur, daß du meine Entscheidung akzeptierst; ich bin sicher, daß dir Christina gefallen wird.«

Als sie diesen Vornamen hörte, drehte meine Mutter ihr Gesicht zur Seite und spuckte auf den Fußboden. Dann schnappte sie sich ihre Handtasche und drückte sie gegen die Brust wie ein Neugeborenes.

»Ihr wollt meinen Tod!« kreischte sie und reckte die linke Faust empor. »Meine Kinder wollen meinen Tod!«

Und mit diesen Worten ergriff sie die Flucht und ließ die Tür hinter sich zuknallen.

Die Emigrantin

Mit sechzig Jahren von zu Hause ausgerissen! In der ganzen jüdischen Geschichte war sie die erste Mutter, die ihre Kinder im Stich ließ! Wir standen eine kleine Ewigkeit da, wie versteinert von dem, was wir gerade erlebt hatten – die Rebellion unserer Mutter in einem Alter, wo sich die meisten Frauen in das Schicksal fügen, das ihnen vom Leben beschieden wurde. Keiner von uns hatte eine Bewegung gemacht, um sie aufzuhalten. Wir hatten sie einfach entfliehen lassen – einen kleinen Fleischkloß, der in eine Pelle aus roter Seide gepreßt war –, ohne dabei Furcht zu verspüren; wir waren beinahe amüsiert, ähnlich wie das Herrchen, das seinen Hund fortlaufen sieht und (bedauernswerter Leichtsinn!) davon überzeugt ist, daß sein Tier von selbst zurückkommen werde, nachdem es durch ein paar Straßen gestreift ist. In unserer Naivität hatten wir geglaubt, sie würde ihre Haltung bereuen und uns um Vergebung anflehen – bitte schön, Paul sollte seine Deutsche heiraten, und ich durfte ledig bleiben –, wir hatten gedacht, sie würde sich unseren Entschlüssen fügen. Wir waren unserer Sache so sicher, daß wir nach ihrem Fortgehen die Speisen aßen, die sie zwei Tage und zwei Nächte lang zubereitet hatte. Wir tranken den Wein, den sie gekauft hatte, um die Rückkehr ihres Sohnes zu feiern. Wir genossen die Vorspeisen, die Hauptgerichte und die Desserts, und als nicht das kleinste Häppchen mehr in den Magen paßte, schauten wir schließlich auf die Uhr: es war nach neun, und sie war noch immer nicht zurück. In wenigen Stunden hatten die Zweifel unsere Gewißheiten aufgezehrt. Wir warteten, im Dunkeln zusammengekauert, das Herz von Angst eingeschnürt. Und zum ersten

Mal verstanden wir, was sie vielleicht gefühlt hatte, wenn wir fortgegangen waren, ohne eine Nachricht zu hinterlassen. Egoistisch, wie wir waren, gingen wir aus, ohne ihr zu sagen, wohin oder wann wir zurück sein würden. Wir wollten frei sein, und in unserem Drang, diese Freiheit zu bewahren, verletzten wir unwürdigen und leichtsinnigen Kinder unsere Mutter; wir malträtierten sie durch unser Schweigen. Jetzt, wo aller Zwang von uns gefallen war, fühlten wir uns verloren. Meine Zunge wurde mir trocken und teigig; sie lag im Mund wie eine Leiche, reglos und vom Speichel nicht mehr befeuchtet; unter ihrem rötlichen Fleisch verbarg sie Nahrungsreste, die im Mund verharrten wie abgelagertes Schwemmland am Rand eines Flusses. Paul wiegte den Kopf hin und her, diesen geheiligten Gegenstand, den meine Mutter mit den Fingerspitzen gestreichelt hatte, wie man Holz berührt, um gegen das böse Schicksal gefeit zu sein; er sann nach, vielleicht hoffte er, telepathischen Kontakt zu seiner Mutter aufzunehmen – waren sie nicht durch eine unsichtbare Schnur verbunden? –; er forschte die geheimen Kammern seines gequälten Geistes aus, um den Film der Ereignisse zu rekonstruieren.

Innenraum. Tag. – Wohnung der Mutter: Küche.

Zwischen Paul, Emma und ihrer Mutter bricht ein Streit aus. Die Mutter nimmt ihre Handtasche und ergreift die Flucht, wobei sie die Tür hinter sich zuknallt.

Bild schwarz.

Der Weggang unserer Mutter hatte uns ins Dunkel gestürzt.

»Was muß man jetzt tun?« fragte ich Paul in einem Ton, der nur schlecht meine Angst verbarg.

»Ich glaube, daß wir einfach warten sollten, am Ende wird sie schon heimkommen.«

Paul stand auf und ging, den Koffer in der Hand, ins Schlafzimmer. Während er seine Sachen auspackte, räumte ich den Tisch ab und machte die Küche sauber; ich setzte meinen Fuß aufs Territorium meiner Mutter, diesen Tempel, den sie zum Ruhme ihrer Familie errichtet hatte und in dessen Innern sie sich einer beinahe mystischen Mission widmete: sie kochte, wie andere sich dem Gebet hingaben. Jedem Küchengerät kam eine sakrale Funktion zu: das Rollholz drückte den Teig flach, aus dem die Brote gemacht wurden; das große Messer schnitt das gereinigte und vom Fett befreite Fleisch klein; das silberne Glas enthielt den geweihten Wein. Meine Mutter herrschte über ihre Küche wie über ein Paradies, dessen einzige Herrin sie war und aus dem kein Gott sie vertreiben konnte. In ihrer Abwesenheit konnte ich die Schubfächer und Schranktüren öffnen und sogar das elektrische Messer in die Hand nehmen, das sie zum Schneiden dicker Fleischstücke verwendete. Diesmal hörte ich ihre Stimme nicht dröhnen: »Laß das, Emma, du wirst dich verletzen!« Und nun, allein an diesem Ort, zu dem mir der Zugang, wenn schon nicht verboten, so doch reglementiert war, schaltete ich das Messer an; das Brummen des Motors beruhigte mich; ich näherte die vibrierende Klinge meinem Gesicht, forderte die Gefahr heraus wie ein Kind, das den elterlichen Vorschriften zum Trotz über die scharfe Schneide eines Messers streicht; ich wollte in dieses Mysterium eindringen. Ich nahm einen Apfel aus der Obstschale, legte ihn auf die Arbeitsplatte, hielt ihn mit der linken Hand fest und drückte mit der rechten die Klinge langsam ins runzlige Fleisch; der Saft spritzte mir bis in die Augen, ich schnitt den Apfel in Scheiben, die Klinge glitt an einem Kern ab, aber ich verletzte mich nicht; ich führte die Gesten aus, die meine Mutter mir nie erlaubt hatte, ich wurde endlich erwachsen und machte mich mit den Küchengeräten vertraut, wie jemand das Waffenhandwerk erlernt, ich führte einen Krieg gegen meine Mutter, gegen ihre Erziehung, die aus mir eine unbrauchbare Frau gemacht hatte, bar jeden Unternehmungsgeistes, unfähig, die kleinste Verantwortung zu schultern. Warum hatte sie aus mir dieses weiche und kraftlose Ding gemacht, das sie mit soviel Gewalt bearbeitete?

»Ich bin jetzt fertig.«

Pauls Stimme unterbrach meine Träumereien. Er hielt sich seltsam aufrecht, als wäre sein Körper aufgehängt. Inzwischen hatte er sich umgezogen; er trug jetzt bequemere Sachen: eine beige Samthose und einen schwarzen Kaschmirpullover, der den Duft seines Parfüms »Égoïste« verströmte. Es trug seinen Namen zu Recht. Offenbar hatte er sich den Bart gestutzt, der jetzt kürzer und weniger buschig wirkte; ich sah sogar seine feine Haut durchschimmern, sein kantiges Kinn und seinen Adamsapfel, der wie ein Eispickel hervorstach. Als ich seine Haut betrachtete, die unter einem Gewirr aus schwarzen und weißen Haaren verborgen lag wie ein Stückchen Frauenhaut, das unter einem Schleier hervorschaut, stieg in mir ein anderes Bild auf – der grauenhafte Anblick meiner nackten Mutter. Einige Wochen zuvor war ich ins Bad getreten, als meine Mutter sich gerade auszog. Ich hatte die Tür brüsk aufgestoßen. Als sie mich sah, stieß sie einen Schrei aus, aber ich konnte den Blick nicht mehr abwenden. Es war ein Bild wie auf dem Schlachtfeld. Meine Mutter stützte sich auf den Badewannenrand wie eine Schwerverwundete, hielt die linke Hand vor ihr unförmig gewordenes Geschlecht und hob die rechte, um auch die Brüste zu bedecken. Dieses Bild hatte mich nie mehr verlassen. Als ich nun meinen Bruder anschaute, war es, als würde ich die Mutter von neuem in ihrer Nacktheit überraschen. Ich schlug die Augen nieder und begnügte mich damit, ihm zuzuhören; seine vom Nikotin heiser gewordene Stimme machte mich ruhiger, sie war ein vertrautes und besänftigendes Geräusch, das meine Jugend in den Schlaf gewiegt hatte und das ich im Erwachsenenalter durch Schlafmittel ersetzte. Wenn ich meine Tabletten geschluckt hatte, war ich sacht in einen tiefen Schlaf geglitten, wie man in ein heißes Bad gleitet; mein Gehirn fand seine akustischen Wegweiser wieder: ich schnurrte unhörbar, die Stimme meines Bruders hallte in mir wider, und endlich schlief ich ein.

»Ich werde die Krankenhäuser und die Polizeidienststellen anrufen«, brummelte er.

»Zuerst sollten wir mit Suzanne und Lucienne telefonieren«, schlug ich vor, »vielleicht ist sie ja zu ihnen geflüchtet.«

Es war fast 22 Uhr, als ich die Freundinnen meiner Mutter anrief. Am Klang ihrer von Neugier besudelten Stimmen erriet ich, daß meine Mutter nicht bei ihnen war. Sie wirkten ganz aus dem Häuschen, als sie die Neuigkeit vernahmen: »Was?! Nina ist weggelaufen?« Ich hatte ihnen ein neues Gesprächsthema geliefert, ihrem tristen Leben einen Sinn gegeben. Sie wollten unbedingt den Ursprung des Konflikts erfahren, die Verkettung der Ereignisse, den exakten Wortlaut der Dialoge – so wie sich gewissenhafte Journalisten die Fakten von den Zeugen am Tatort möglichst genau erzählen lassen. Dann würden sie ihrerseits die Information weiterreichen: Nina Blum ist ausgerissen! Und wie ein Steinchen übers Wasser hüpft, würde sich die Nachricht bei allen verbreiten; Familienmitglieder, Nachbarn, Freunde, selbst bloße Bekannte ohne direkte Beziehung zu meiner Mutter würden die Information weitertragen – Nina Blum ist ausgerissen! –; man würde die Blicke und Fragen der Leute erdulden müssen: »Ist es wirklich wahr – Nina Blum ist ausgerissen?« Und ich wußte, oh ja, das wußte ich, daß sie die Jagd bald eröffnen würden, denn: Nina ist doch eine verantwortungsbewußte Frau, niemals hätte sie so etwas getan, wenn sie nicht *jemand* dazu getrieben hätte; meinen Vornamen würden sie flüstern wie ein gotteslästerliches Wort, ich würde öffentlich an den Pranger gestellt – schuldig! Für das unerklärliche Ausreißen der Nina Blum gab es nur eine Erklärung: Emma hatte sie *schon wieder* geärgert, Emmas Ehelosigkeit fraß an ihr wie eine unheilbare Krankheit, und zeigte sie nicht schon alle möglichen Symptome: Appetitverlust, Haarausfall, Ekzemschübe, Angstzustände? Ja, Nina litt *wegen ihrer Tochter* – dreißig Jahre und noch nicht verheiratet. Eine Schande. Als ich den Hörer auflegte, bereute ich es, Suzanne und Lucienne angerufen zu haben; genausogut hätte ich mich mit einer Presseagentur in Verbindung setzen können.

»Und?« fragte mein Bruder.

»Sie wissen nichts«, entgegnete ich verdrossen.

Paul nahm seinen Mantel und reichte mir meine Lederjacke.

»Ich glaube, wir sollten sie suchen gehen. Wir können hier nicht länger herumsitzen, ohne etwas zu tun.«

»Beginnen wir mit den Krankenhäusern und Hotels in unserem Viertel ...«

»Nein, zuerst sollten wir zum Lyoner Bahnhof gehen, das ist der nächstgelegene, und dann zum Flughafen Orly ...«

»Aber sie hat ihr ganzes Leben keine Reise gemacht!«

»Ausreißer bleiben nicht in der Umgebung ihres Hauses.«

»Woher weißt du das?«

Er antwortete darauf nicht, sondern blickte bloß woandershin. Hatte er, als er in die Vereinigten Staaten ausgewandert war, unserer Mutter nicht den Weg vorgezeichnet?

Nie waren mir die Straßen so bedrohlich erschienen wie in dieser Nacht. Der Nebel, der die Mietshäuser in einen grauen Schleier hüllte, die fehlende Beleuchtung in einer Gasse, das Aufheulen eines Martinshorns, die in Alkohol ertrunkenen Blicke, das Gekläff eines herumstreunenden Hundes – jedes Detail wurde zu einer Quelle von Ängsten. Eine Frau ging allein durch Paris. Sie hatte wahrscheinlich den Boulevard Beaumarchais überquert, um auf die Place de la Bastille zu gelangen, sofern sie nicht beschlossen hatte, an der Station Chemin Vert die Metro zu nehmen, um an einen ganz anderen Ort zu fahren, fern von ihren Kindern und diesem Stadtviertel, in dem sie all die Jahre mit ihrem Mann und später allein gelebt hatte.

Wir hatten den Lyoner Bahnhof abgesucht, den Austerlitz-Bahnhof und den Flughafen Orly; wir hatten bei allen Pariser Krankenhäusern angerufen: vergebens. Unsere Mutter blieb unauffindbar. Um Mitternacht entschied Paul, der wegen der Zeitverschiebung sehr müde war, daß wir nach Hause fahren sollten.

»Wir werden sie sowieso nicht finden«, sagte er. »Wir müssen abwarten, bis sie uns ein Lebenszeichen gibt.«

In diesem Augenblick dachte ich an Madame Paloma, eine Hellseherin mit sehr zuverlässigen Voraussagen. Ihre Adresse und Telefonnummer hatte ich an jenem Tag im Briefkasten gefunden, als mir Jules nach einem heftigen Streit, den ich absichtlich vom Zaun gebrochen hatte, verkündete, er werde seine Frau niemals verlassen. Einmal wöchentlich begab ich mich zum Boulevard de Belleville und fand dort, im hintersten Winkel eines kleinen Kramladens, jene Frau, die für nur dreihundert Francs in der Lage war, zukünftige Ereignisse präzise zu beschreiben. Für hundertfünfzig Francs gelang es ihr freilich nur, die fernere Zukunft in groben Zügen hervortreten zu lassen.

»Komm mit«, sagte ich zu Paul.

Er seufzte. Seine Lippen, entfärbt von der Blutarmut, die sich auch in seinem fahlen Teint spiegelte, blieben verschlossen. Er folgte mir, ohne zu klagen, und als ich den Laden betrat, in dem die Seherin ihres Amtes waltete, machte er keine Bemerkung über den heruntergekommenen Zustand der Räumlichkeiten. Kaum hatte ich die Tür aufgestoßen, stiegen mir ein Gestank nach Bratfett und der Schimmeldunst der abblätternden Wände in die Nase. Der schmierige und feuchte Fliesenfußboden war übersät mit Brotstückchen, benutzten Papiertaschentüchern und leeren Verpackungen. Schmutzige Schuhsohlen hatten schwarze Streifen hinterlassen. Der Raum war leer, die seltenen Kunden hatten sich davongemacht, und nur der Chef des Etablissements, ein alter Mann aus Sri Lanka, auf dessen faltenzerfurchtem Gesicht schwärzliche Flecken standen, hatte noch an der Kasse zu tun. Ich nickte ihm zu und ging in den hinteren Teil des Ladens, in das kleine Kabuff, das als Sprechzimmer von Madame Paloma diente (so ließ sie sich jedenfalls anreden, obgleich ihr richtiger Name Jacqueline war). Sie empfing uns herzlich. Wenn sie lächelte, berührte die Spitze ihrer Adlernase beinahe die Oberlippe, die von einem zarten Flaum beschattet wurde, was ihre Gesichtszüge noch härter wirken ließ. Buschige schwarze Brauen standen ihr im Gesicht, und wo sie zwischen den Augen zusammenwuchsen, hatte sie die Haare nicht entfernt. Wahrscheinlich hielt sie Haarigkeit für einen Bestandteil des Fraulichen, denn auch ihre schlanken Arme und die Beine (die ich durch ihre fleischfarbenen Netzstrümpfe schimmern sah) waren vollständig von dichten schwarzen Haaren bedeckt, die sich zwischen den Maschen hervorkringelten. Sie war eine alterslose Frau, kleingewachsen, mit breiten Hüften, immer bekleidet mit einem langen schwarzen Spitzenrock und einer Stola voll großer bunter Blumen. Die Frisur verbarg sie unter einem Tuch aus roter Seide, das von einer Skarabäenbrosche zusammengehalten wurde. Ich zahlte für eine Konsultation zu dreihundert Francs und setzte mich ihr gegenüber.

»Unsere Mutter ist verschwunden«, sagte ich und reichte ihr ein Foto der Vermißten. »Wir möchten wissen, wo sie sich versteckt.«

Sie schaute sich das Bild lange an, drehte es hin und her, rieb es an ihrem Rock und stellte es schließlich vor sich auf den Tisch. Mein Bruder starrte mich perplex an.

»Was sehen Sie?« fragte ich.

Sie zog ein Pendel aus der Tasche und versetzte es über der Fotografie in Schwingung. Nach wenigen Sekunden begann es Kreise zu beschreiben. Das Foto ließ sie nicht aus den Augen. Ich spürte ein Kribbeln in meinen Beinen, ich wurde ungeduldig.

»Nun was?« wiederholte ich und boxte gegen meine eingeschlafenen Beine.

»Ich sehe eine Reise«, sprach sie in einem Ton, der keinen Widerspruch zuließ.

»O mein Gott! Ich habe dir ja gesagt, daß sie bestimmt abgereist ist!« rief Paul. Dann wandte er sich zur Hellseherin: »Wo ist sie? Bitte sagen Sie es mir!«

Madame Paloma legte den Zeigefinger aufs Gesicht meiner Mutter.

»Ich sehe ein Flugzeug.«

»Wohin fliegt es?« wollte ich wissen.

Sie ließ ihr Pendel noch einmal kreisen.

»Sie hat es noch nicht bestiegen.«

»Also los, bevor es zu spät ist«, sagte ich und zog meinen Bruder am Ärmel.

»Einen Augenblick!« rief die Seherin aus und hielt meinen Bruder zurück. »Wollen Sie denn nicht Ihre eigene Zukunft erfahren?«

Paul blickte zu mir hinüber; ich zuckte die Schultern.

»Warum nicht«, sagte er, zog ein Bündel Geldscheine aus der Hosentasche und legte es auf den Tisch. Dann setzte er sich wieder und reichte Madame Paloma die rechte Hand hin. Sie strich lange darüber, als würde sie einen seidigen Stoff betasten.

»Sie sind müde«, sagte sie.

»Das stimmt.«

»Beunruhigt.«

Paul nickte.

»Etwas quält Sie.«

»Wie können Sie das wissen?« fragte Paul verdutzt.

»Ich habe meine Gaben«, antwortete sie stolz, »und die Planeten irren sich selten …«

Wenn man sie ordentlich bezahlt, fügte ich im stillen hinzu.

Madame Paloma drückte Pauls Hand auf den Tisch.

»Eine Frau macht Ihnen viele Sorgen.«

Paul sagte nichts; er war ganz gefangen von dem, was die alte Frau sagte; er sog ihre Worte ein wie einen Zaubertrunk.

»Ich sehe sie, dort«, sagte sie und deutete auf einen imaginären Punkt mitten auf der Schicksalslinie. »Es ist eine Frau, die schon ein gewisses Alter hat.«

Sie holte tief Luft und stieß dann hervor: »Es ist Ihre Mutter.«

Dabei hatte sie so heftig ausgeatmet, daß ihre Schnurrbarthaare ins Zittern gekommen waren.

»Das ist ja unglaublich!« rief Paul.

»Ja«, sagte Madame Paloma und faltete die Hände.

»Können Sie mir auch sagen, ob ich meine Frau verlassen werde?«

Madame Paloma drückte Paul die Finger nach hinten, als wolle sie seine Handfläche ebnen.

»Es gibt da eine andere Frau.«

»Ja.«

»Sie lieben sie.«

Paul stimmte zu.

»Sie werden eine Entscheidung treffen müssen.«

»Welche?«

»Sie werden Ihre Frau verlassen.«

Paul zog seine Hand zurück und erhob sich strahlend und zufrieden. Seinem Psychoanalytiker hatte er diese Frage schon seit einem halben Jahr gestellt, ohne jemals eine Antwort bekommen zu haben, und siehe da, so eine Unbekannte brauchte nur wenige Sekunden, um ihm mit Gewißheit Bescheid zu geben.

»Und nun zu Ihnen«, sprach die Hellseherin mit rauher Stimme und machte ein Zeichen, daß ich näherkommen solle.

Ich zögerte. Bei unserer letzten Begegnung hatte sie mir das Ende meiner Beziehung mit Jules angekündigt, und ihre Vorhersage hatte sich als exakt erwiesen. Sie nahm meine Hand in die ihre, fuhr mit schwarzlackierten Fingernägeln in die Linien auf meiner Handfläche und ließ plötzlich einen durchdringenden Schrei los: »O Himmel!«

»Was gibt es denn?« fragte ich. »Was sehen Sie?«

Als sie ihre Arme hob, um sich den Kopf zu halten, rutschten aus ihrem perlenbestickten, kurzärmeligen Oberteil große Büschel von Haaren heraus, so lang wie Kinderhaar.

»Ich kann es Ihnen nicht sagen.«

»Aber ich bitte Sie, sagen Sie es mir!«

»Es tut mir leid, ich bin dazu nicht berechtigt.«

»Haben denn Hellseher auch ein Berufsethos?« fragte Paul erstaunt.

»Natürlich, wie sollte man sonst ...«

Ich ließ sie nicht ausreden, sondern schob ihr einen Geldschein unter die Hand.

»Also, sagen Sie mir alles«, bat ich inständig.

Mit einer genießerischen Geste rieb sie den Geldschein zwischen ihren Fingern.

»Ich sehe den Tod.«

»O mein Gott! Mutter ist gestorben!« rief Paul und schlug die Hände vors Gesicht.

»Sie ist gestorben«, wiederholte ich in einem Ton, der zwischen Frage und Feststellung pendelte.

»Es handelt sich nicht um Ihre Mutter«, flüsterte sie Paul zu. Dann drehte sie sich zu mir, reichte mir ein Amulett und sagte: »*Sie* sind es, die sterben werden.«

Nina Blum, ihre Mutter,
und Paul Blum, ihr Bruder,
haben die überaus traurige Pflicht,
Ihnen das Ableben von
Mademoiselle Emma Blum
mitzuteilen.
Sie verstarb am Mittwoch, dem 25. April, um 9 Uhr
im Alter von dreißig Jahren.
Die Beisetzung findet
am Freitag, dem 27. April 2001, um 10.30 Uhr
auf dem Friedhof von Pantin statt.

Von Blumen- und Kranzspenden bitten wir abzusehen.

Sterben lernen

Ich schreckte aus dem Schlaf, feucht von Schweiß und fieberglühend. Mein Gesicht wurde von Krämpfen geschüttelt. Ich hatte meine Todesanzeige gelesen, den Wortlaut hatte ich selbst erfunden. Ich stieg aus dem Bett, setzte mich an den Schreibtisch und faßte mein Testament ab:

Paris, den 25. April 2001

Ich die Endesunterzeichnete, Emma Blum, geboren am 6. April 1971 in Paris, XII. Arrondissement, vermache meinem Bruder Paul meinen gesamten Besitz.

Aber als ich meine Habe auflisten wollte, stellte ich fest, daß ich gar nichts besaß: mein Bankkonto stand in den roten Zahlen, das Auto gehörte meiner Mutter, meine persönlichen Dinge hatten keinerlei Marktwert. Ich würde diese Welt verlassen, wie ich in sie hineingekommen war: nackt und allein. Hiobs Worte hallten in mir wider: »Ich bin nackt von meiner Mutter Leibe gekommen, nackt werde ich wieder dahinfahren.«

Paul versuchte, mich zur Vernunft zu bringen, indem er die Prophezeiung als Hirngespinst einer alten Närrin anprangerte – dennoch hatte er selbst an jede ihrer Voraussagen geglaubt –; er versicherte mir, er werde juristische Schritte einleiten (aber was konnte die Rechtswissenschaft schon ausrichten gegen die Geheimwissenschaften?). Nichts davon half: ich meinte, ich müßte in der Nacht oder im Laufe der nächsten Tage sterben, und dieser Gedanke ließ mir den Geist brandig werden, ich litt, ich wollte nicht sterben; nicht daß der Tod mir angst gemacht hätte – das Leben schreckte mich viel mehr –, aber ich konnte die Vorstellung nicht ertragen, von meiner Mutter begraben zu werden. Paul zwang mich, zwei Glas Wodka zu trinken, und reichte mir dazu ein Beruhigungsmittel. Der Alkohol und das Medikament taten ihre Wirkung, und ich dämmerte in einem seltsamen Zustand dahin, auf halbem Wege zwischen einer schweren Alkoholvergiftung und ewigem Schlaf. Mein wattiger Geist schwebte umher, ich vernahm die Stimme meiner Mutter, von deren Worten einzelne Fetzen zu mir durchdrangen (»nicht mal kochen konnte sie, ihre Eltern hatten sie derart verwöhnt, ich kann dir sagen«), ähnlich wie ein Störsender (»sie hat ihren Mann und ihre drei Kinder verlassen für einen Mann, der«); ich klopfte mir mit den Fäusten gegen die Schläfen, um diese unerträglichen Einflüsterungen zu beenden (»ja, dreißig Jahre und nicht verheiratet, eine Schmach, eine Schande«). Meine Mutter hatte in mir Zuflucht gefunden (»sie hat ihm einen Sohn geschenkt, einen Sohn, einen Sohn«), ihre Gedanken standen im Wechselspiel mit meinen (»er hat sie mit der Nachbarstochter betrogen, und dann ist sie schwanger geworden und«). Ich schüttelte den Kopf, um diese Brocken auszutreiben (»nein, sie ist keine Jungfrau mehr, das hat er entdeckt, als«), ich warf ihn immer heftiger hin und her (»dieses Jahr hat sie endlich geheiratet, Gott sei«), von links nach rechts und von oben nach unten (»Doktor Gerszterkorn, der, von dem Suzanne«). Plötzlich hörte ich gar nichts mehr, die Stimme war verstummt, es herrschte völlige Stille, so intensiv, daß sie mir den Tod anzukündigen schien. Aber es geschah nichts, und am nächsten Morgen wachte ich so lebendig auf, wie ich es am Vorabend gewesen war, wenn ich auch an den Nachwirkungen meines absichtlich hervorgerufenen Komas zu tragen hatte: zerknitterte Miene und Kopfschmerzen, die so heftig waren wie Faustschläge. Ich stellte fest, daß meine Mutter noch immer nicht heimgekehrt war. Das Haus, in eine ungewöhnliche Stille getaucht, war keine beruhigende Zufluchtsstätte mehr, sondern ein Ort psychischer Folter, wo ich mir die schlimmsten Geschehnisse ausmalte: sie hatte mitten auf der Straße wieder einen Herzanfall bekommen, sie hatte sich umgebracht, war ins Ausland geflohen; Gott allein wußte, wo sie sich befand, ich flehte ihn von ganzem Herzen an. Umsonst, mir wurde kein Anhaltspunkt gegeben, ich blieb allein, ohnmächtig, verwaist. Den Abend zuvor hatten wir darauf verzichtet, noch einmal zum Flughafen zu fahren: wenn ich nicht an die mich betreffende Todesankündigung glauben sollte, durften wir uns um so weniger auf die Worte verlassen, welche die Zukunft meiner Mutter absteckten. Schließlich kam Paul mit der Idee, ihr Verschwinden beim Polizeirevier anzuzeigen. Er war am Morgen sehr früh aufgewacht und hatte einen merkwürdigen Blick übergestreift – den Blick eines Fremden.

Kaum waren wir auf dem Revier angelangt, bedeutete uns ein Polizeibeamter, ihm in einen Raum zu folgen, der ans Wartezimmer grenzte. Es war ein Mann um die Dreißig mit zerfurchten Gesichtszügen und einer trübseligen Miene, welche von einem stummen Schmerz verklärt wurde, der sich wie ein Schmarotzer in seinen Blicken eingenistet hatte.

»Nehmen Sie Platz«, sprach er mit sanfter Stimme und wies auf die beiden Stühle vor seinem Schreibtisch.

Ich rückte meinen Stuhl dicht an Paul heran, ich wollte seine Wärme spüren und wieder zu einem Kind werden, das sich an den Körper seiner Mutter schmiegt.

»Gut, ich höre.«

»Unsere Mutter ist gestern verschwunden«, sagte ich und starrte auf meine zitternden Beine.

»Unter welchen Umständen ist diese Frau verschwunden?«

»Sie ist von zu Hause weggelaufen.«

»Ohne Grund?«

»Nach einem Streit.«

»Einem gewaltsamen?«

In meinem Kopf schrie eine Stimme: »Schuldig!« Ich rechtfertigte mich: »Nein, nein, ohne Gewalt, einfach eine familiäre Streitigkeit.«

»Manche familiären Streitigkeiten enden mit einem Verbrechen«, setzte er hinzu und runzelte die Stirn.

»Diese jedenfalls haben nur mit einer Flucht geendet!«

Er warf mir einen inquisitorischen Blick zu. Bei meiner letzten Bemerkung war ich laut geworden. Er öffnete die oberste Schublade seines Schreibtisches und zog ein Formular hervor, das er sorgsam auszufüllen begann: »Die Personenbeschreibung, bitte.«

Ich forderte Paul auf, meine Mutter zu beschreiben. Mich quälte noch immer eine Migräne, obwohl ich Schmerztabletten genommen hatte; ich fühlte mich außerstande, eine solche Vernehmung durchzuhalten.

»Also, welches Alter hat die Vermißte?«

»Sechzig«, antwortete Paul, »aber sie sieht allemal zehn Jahre jünger aus, sie hat fast keine Falten im Gesicht.«

»Größe?«

»Ungefähr einssiebzig.«

»Da täuschst du dich, Paul, Mutter ist höchstens noch einsfünfundfünfzig groß.«

»Sie sollten sich vielleicht einigen«, sagte der Polizist unfreundlich.

»Ein Meter fünfundfünfzig«, erwiderte ich.

»Gewicht?«

»Oh, ungefähr 52 Kilo.«

»Ja, vor zwanzig Jahren; heute wiegt sie mindestens 70.«

Der Polizist warf uns einen erbosten Blick zu und notierte: ungefähr 65 Kilo. Mir fiel auf, daß die Farbe seiner Augen changierte; wenn er sich aufregte oder ungeduldig war, nahmen sie einen graubraunen Ton an.

»Augenfarbe?«

»Grün mit kleinen schillernden Flecken«, antwortete Paul.

»Mutters Augen sind braun.«

»Sind Sie sicher, daß Sie dieselbe Mutter haben?« bemerkte der Polizist, dessen Miene sich verfinsterte.

»Schon gut«, sagte Paul, »schreiben Sie braun.«

»Haarfarbe?«

»Sie sind braun, beinahe blond, mit so einem aschblonden Schimmer.«

Ihre dunkelbraunen Haare waren inzwischen grau geworden.

»Kurz, lang?«

»Halblang.«

In meiner Erinnerung waren ihre Haare kurz und spärlich.

»Was trug sie am Tag ihres Verschwindens?«

»Sie war schick angezogen, wirklich elegant. Sie trug ein herrliches rotes Kleid, das bunt verziert war, dann hatte sie eine Stola um und an den Füßen Sandalen. Sie war sehr geschminkt: auf die Augenlider hatte sie goldenen Flitter aufgetragen, auf die Wangen rosenholzfarbenes Make-up; ihre Lippen waren leuchtend rot. Ach ja, eins habe ich noch vergessen: sie trug auch Ohrringe und einen Armreif. Als sie das Haus verließ, hat sie ihre kleine Handtasche aus rotem Samt mitgenommen.«

Ich war perplex: konnte es sein, daß wir unsere Mutter nicht auf dieselbe Weise wahrnahmen? Hatte ich vielleicht einen verzerrten, durch meinen Groll beeinträchtigten Blick? Ich sah sie als kleine und plumpe Frau, während Paul sie mit allen Merkmalen einer Femme fatale ausstattete.

»Hat sie besondere Kennzeichen wie Leberflecke oder Muttermale?«

Ich wußte darüber nichts.

»Sie hat einen Leberfleck im Nacken«, sagte Paul voller Gewißheit.

Er hob meine Haare an, die sich mir wie ein Tuch um den Hals legten.

»Dort«, fügte er hinzu und zeigte auf eine Stelle zwischen Hals und Nacken.

»Haben Sie ein Foto?« wollte der Polizist wissen.

Ich schüttelte den Kopf.

»Ja«, sagte Paul. Und sogleich zog er aus seiner Brieftasche ein Bild meiner Mutter, welches sie mit vierzig zeigte: sie sah sonnengebräunt, lächelnd und entspannt aus. Der Polizist nahm das Foto und schaute es sich kommentarlos an.

»Gut, ich werde ihre Personenbeschreibung jetzt an alle Polizeireviere der Region durchgeben. Wenn wir seriöse Nachrichten von ihr haben, werden wir uns auf jeden Fall bei Ihnen melden.«

Er notierte sich unsere Telefonnummer und ließ uns die Aussagen unterschreiben. Wie hatten wir es bloß so weit gebracht? Wir verließen das Revier, ohne ein Wort miteinander zu wechseln, wir gingen die Straße entlang, und als wir beinahe an meinem Auto angekommen waren, sagte ich Paul, daß ich ihn jetzt allein lassen müsse; ich setzte nicht hinzu, daß ich ein Rendezvous mit Jules hatte. Der hatte mich angerufen und mit gepreßter Stimme hervorgestoßen: »Ich muß dich unbedingt sehen, ich habe dir etwas sehr Wichtiges zu sagen!« Ich reichte meinem Bruder die Autoschlüssel und ging zur nächsten Metrostation.

Ich traf Jules in der Rue des Cinq-Diamants, der Straße der Fünf Diamanten; er wartete auf einer Parkbank, unbewegt und schön, in teure Markensachen gekleidet, die er als Zeichen seines gesellschaftlichen Erfolges betrachtete, wie andere das Kreuz der Ehrenlegion auf dem Revers ihres Jacketts zur Schau stellen. Er trug einen maßgeschneiderten Anzug, ein weißes Hemd mit Mailänder Kragen und silbernen Manschettenknöpfen, fahlgelbe Schuhe, deren Preis dem staatlich festgelegten Mindestlohn für einen Monat entsprach und die ihm, mehr als alle anderen Dinge, die er besaß, das Gefühl verschafften, die oberste Sprosse der sozialen Leiter erklommen zu haben. Ich näherte mich ihm zögernd, ich drang in seinen dunklen Blick ein wie in eine tiefe Höhle; wenn ich hier eintrat, wußte ich niemals, ob ich lebendig und mit gesundem Leib wieder herauskommen würde, meist verließ ich sie keuchend und tief verwirrt, verängstigt wie ein Kind, das von einer nachlässigen und zerstreuten Mutter an diesem Ort des Verderbens vergessen wurde. Seine Augen legten mich in Ketten, ich schaffte es nicht, mich aus ihrem Joch zu befreien, Kummer zehrte mich aus, aber ich schwieg aus Furcht, ihn zu verlieren, ihn und jene Augenblicke, die er mir darbot, ja, seine Liebe war eine Opfergabe, die ich annahm, obgleich ich wohl wußte, daß sie mir nur Enttäuschungen bringen würde, Unbehagen, Leiden. Er testete meine Gefühlsbindung, meinen Glauben, meine Liebe, meine Widerstandskraft gegen die Schicksalsprüfungen, die er mir auferlegte; er ließ all meine Kraft aus mir rinnen, enteignete mich meines Besitzes und meiner selbst; ich beugte mich seinem Willen, verherrlichte seinen Namen. Keine Prüfung brachte meine Liebe ins Wanken, ich blieb ihm treu und warf ihm nichts vor, weder seine Vielweiberei (denn bestimmt hatte er noch andere Frauen neben *ihr* und neben mir) noch seine egozentrische Art – verkörperte er nicht eine sonnengleiche Kraft? Er strahlte, während ich um ihn kreiste; ich fügte mich in die Ordnung der Welt. Wenn mein Gesicht nicht vom Glanz seines Blickes erhellt wurde, blieb es erloschen, in Finsternis getaucht; dann begnügte ich mich mit einem trüben, künstlichen Licht – dem Blick der anderen.

Er nahm mich in seine Arme, der Druck seines Körpers gegen meinen beruhigte mich, ich genoß diese erfüllten Momente, wie ich sie damals genossen hatte, mit fünfzehn, als er noch nicht verheiratet gewesen war, aber schon anderen Verpflichtungen unterworfen, anderen Zwängen. Ich spürte, wie mir die Tränen in die Augen stiegen, ich versuchte sie zurückzuhalten, indem ich mein Gesicht in die kleine Höhlung unter seinem Hals vergrub; dort tankte ich Sauerstoff, atmete sein Amberparfüm ein und schwieg – Worte lösten Tränen aus, wirkten wie eine Zündschnur –; ich zog meine Gesichtsmuskeln zusammen, um die salzigen Wogen zurückzuhalten, die gegen die Staumauern schlugen, welche ich errichtet hatte. Ich hatte mich so sehr unter Kontrolle, daß mein Körper steif wurde; Jules lockerte seine Umarmung.

»Entspann dich doch«, flüsterte er mir ins Ohr.

Ich spürte seinen Atem in mich dringen.

»Warum hast du mich herkommen lassen?«

Er antwortete nicht, sondern knabberte an meinem Ohrläppchen; sein Speichel befeuchtete meine Haut. Ich drängte ihn sanft zurück.

»Was hast du mir Dringendes zu sagen?«

Die Phantasie einer verliebten Frau ist fruchtbarer, üppiger als die eines Schriftstellers. Ich dachte, er würde mir seine Scheidung ankündigen, ich würde aufsteigen zur Repräsentantin eines Volkes von Unterdrückten und würde gespannt auf seine Unabhängigkeitserklärung warten, die aus ihm einen freien Mann machte und aus mir die Gefährtin seiner Freiheit.

»Deine Mutter hat mich angerufen«, murmelte er.

In seinem Mund klangen die Worte ›deine Mutter‹ wie eine Beleidigung.

»Meine Mutter – dich angerufen?!« wiederholte ich verdattert.

»Ja, gestern.«

»Bevor sie weggelaufen ist oder danach?«

»Weggelaufen? Wovon sprichst du?«

»Sie ist gestern abend aus dem Haus geflüchtet; ich glaube inzwischen, daß Krisen nach der Menopause genauso häufig sind wie in der Pubertät.«

Ein Schrei der Bestürzung entfuhr ihm, und in diesem Augenblick begriff ich: *er* würde bestimmt nie von zu Hause weglaufen.

»Warum hat sie so etwas getan?«

»Wegen meinem Bruder, wegen dir und wegen mir.«

»Weiß sie über uns beide Bescheid?« fragte er in einem Ton, der seine Unruhe verriet.

»Ja und ...«

»Du bist verrückt, Emma!« schrie er. »Jetzt verstehe ich besser, weshalb sie angerufen hat.«

»Sie hat von dir verlangt, dich aus meinem Leben herauszuhalten, nicht wahr?«

Er schien über meine Bemerkung erstaunt.

»Aber nein, sie hat mich um Rat gebeten, weil sie ihr Geld gewinnbringend anlegen will.«

»Welches Geld? Sie hat ja nichts!«

»Nicht groß was, aber genug, um sich ein bißchen an der Börse zu versuchen.«

Ich führte meine Hände an die Augen und rieb mir die Lider, bis ich Licht und Dunkelheit nicht mehr unterscheiden konnte.

»Warum versucht sie bloß, sich auf diese Weise zu bereichern?«

Er zuckte die Schultern. Dann brüllte er, von einem plötzlichen Wutanfall gepackt: »Hast du denn nicht begriffen? Das ist Erpressung! Wenn sie an der Börse nichts gewinnt, wird sie meiner Frau alles erzählen!«

»Das ist doch lachhaft …«

Seine Stimme wurde sanfter. Er nahm den Kopf zwischen die Hände.

»Ist sie zu so etwas nicht fähig?«

Sie war es.

Jules erschien mir jetzt feige und verachtungswürdig. Die bloße Erwähnung meiner Mutter hatte genügt, um seine häßlichste Seite sichtbar werden zu lassen. Er entgegnete nichts, saß wie erstarrt auf der Bank. Ein Nieselregen hob an, und wir taten nichts, um nicht naß zu werden.

»Hau ab!« preßte ich leise hervor.

Er stand wortlos auf. Ich spürte kleine Stiche in meinen Augen, die Wörter hatten den Damm gesprengt, das Wasser sprang hervor, ohne daß ich die Quelle hätte verstopfen können. Ich rollte mich in mir zusammen, ich schaukelte hin und her, gewiegt von den Worten, die im selben Rhythmus herausströmten. Ich wollte meine Mutter sehen, mich verlangte nach ihr, ich brauchte sie, sie hatte mich aufgegeben, allein gelassen, mir selbst ausgeliefert. In meiner Erinnerung war sie nicht mehr die tyrannische Mutter, die einen wahnsinnig machte, sondern eine milde, beinahe ruhespendende Person. Ihre Abwesenheit verklärte die Erinnerung. Ich rief flehentlich ihren Namen, ich betete und beschwor Gott, sie mir zurückzubringen, ich wurde treu und frömmlerisch, ich machte Versprechungen, ich gab meine Seele zum Pfand. Auf dem Heimweg psalmodierte ich alle Gebete, die ich kannte; ich hoffte, ein Wunder werde sich ereignen, aber als ich über die Schwelle unserer Wohnung trat, fand ich nur Paul, der völlig niedergeschlagen und angegriffen aussah.

»Wo warst du?« brummte er.

Ich antwortete nicht.

»Hat sie angerufen?« fragte ich.

»Nein.«

Und in diesem Nein, das er mit Grabesstimme hervorstieß, machte ich das ganze Klangspektrum der Verzweiflung aus. Ich setzte mich zu ihm, auf jenes samtbezogene Sofa, das meine Mutter so viele Male gebürstet und von Flecken gereinigt hatte, ohne sich jemals auf ihm ausgestreckt zu haben.

Mütter haben keinen Wandertrieb. Noch weniger haben sie eine Kapitalistenseele, nein, die meisten von ihnen besitzen nur ein einziges Kapital: ihre Kinder. Und dennoch hatte ich gerade erfahren müssen, daß meine Mutter von zu Hause fortgerannt war, um ihre paar Notgroschen gewinnbringend anzulegen. Die Vorstellung, daß meine Mutter sich über die Zeitungsseiten mit den Börsenkursen beugte, schien mir ebenso irreal wie der Gedanke, ich wäre verheiratet und hätte Kinder. Ich erzählte meinem Bruder nichts von Jules' Enthüllungen; er glaubte noch immer, das einzige Kapital für meine Mutter zu sein.

So gingen mehrere Stunden hin, als plötzlich das Telefon klingelte. Paul griff zum Hörer.

»Hallo?« flüsterte er mit vor Furcht heiserer Stimme. »Es ist Lucienne«, sagte er und legte dabei die Hand über die Sprechmuschel.

Schnell schaltete ich den Lautsprecher ein, und Luciennes Stimme mit ihrem hohen Timbre hallte durchs ganze Zimmer.

»Ich weiß, wo eure Mutter ist.«

»Ja, wo ist sie?« fragte Paul.

»Ich habe ihr versprochen, es euch nicht zu verraten.«

»Warum rufst du uns dann an?«

»Um euch zu sagen, daß ihr euch keine Sorgen machen müßt; es geht ihr sehr gut.«

»Wie sollen wir ruhig schlafen, wenn wir wissen, daß unsere Mutter durch die Straßen irrt!«

»Tut mir leid, ich kann euch nichts sagen.«

Ich riß meinem Bruder den Hörer aus der Hand und setzte die mütterlichen Waffen ein: Drohungen und Erpressung.

»Solltest du vergessen haben, daß sie einen Herzanfall hatte? Du möchtest doch sicher nicht, daß ihr durch deine Schuld etwas zustößt?«

Das Bild meiner kranken Mutter, die mit zerzausten Haaren durch die Hauptstadt irrte, mußte sie weich gestimmt haben, denn sie seufzte und sagte dann mit erstickter Stimme: »Sie wohnt in einem Hotel gleich am Beginn des Boulevard Beaumarchais; ihr müßt nach Madame Boulanger fragen, Zimmer 24.«

»Boulanger?« wiederholte mein Bruder erstaunt.

»Ja, unter diesem Namen hat sie sich angemeldet.«

Sie trug den Namen der Heldin aus dem letzten Manuskript, das ich nach Hause mitgebracht hatte – es war der Lebensbericht von Sonja, einer Prostituierten von neunzehn Jahren.

»Boulanger – hast du dich tatsächlich unter diesem Namen an der Rezeption angemeldet?«

Meine Mutter antwortete nicht. Wir waren in ihrem Zimmer aufgetaucht, ohne sie vorher benachrichtigt zu haben; die Tür war nur angelehnt, und so traten wir ein. Meine Mutter lag auf dem Bett mitten in einem winzigen, nüchternen Zimmer, dessen Wände mit einer grünen, verblaßten Tapete bedeckt waren. Sie rührte sich nicht, ihr Körper schien ganz erstarrt, sie nickte uns nicht einmal zu, als sie uns erblickte. Breite Ringe lagen ihr um die Augen, und ihr Gesicht hatte einen gräulichen Teint angenommen: binnen weniger Stunden war sie um zehn Jahre gealtert. Eine trübe und unnatürliche Beleuchtung unterstrich die Strenge ihrer Züge, die so leblos wirkten, als hätte man auf ihrer Haut eine Lehmmaske modelliert. Nur ihre Augen rollten und brachten die Tatsachen zur Sprache:

Am 24. April 2001 um 20 Uhr haben Emma Blum und ihr Bruder Paul Blum gegen ihre Mutter, Madame Nina Blum, Beleidigungen ausgestoßen. Sie haben sie verunglimpft, indem sie sie beschuldigten, ihr Privatleben verletzt zu haben, ihr Briefgeheimnis, ihr Recht auf Bewegungsfreiheit. Des weiteren bezichtigten sie sie der Diskriminierung von Frauen. Zudem haben sie sämtliche Artikel des mütterlichen Gesetzes übertreten und damit dem Opfer, Madame Nina Blum, einen schweren moralischen Schaden zugefügt, dessen Wiedergutmachung besagtes Opfer nunmehr fordert.

Ihr Blick verurteilte uns bereits, während ihr Geist noch an der Begründung des Urteils arbeitete, welches unser Schicksal besiegeln würde.

»Setzt euch hin!« befahl sie barsch und wies auf zwei Stühle, die neben dem Bett standen.

Wir taten, was sie verlangt hatte. Sie hatte uns in ihrem Krankenzimmer versammelt, wie man eine Disziplinarkommission einberuft. Paul wirkte angespannt und nervös; endlich brach ich das Schweigen.

»Wann kommst du nach Hause zurück?«

Sie wetzte ihre Waffen und stellte uns die Bedingungen für ihre Rückkehr. In einem Ton, der keinen Raum für Einwände ließ, entgegnete sie: »Ich werde zurückkommen, wenn du verheiratet bist und wenn dein Bruder diese Deutsche verlassen hat und zu seiner Familie zurückgekehrt ist.«

»Daß wir uns einer solchen Erpressung beugen, ist völlig ausgeschlossen«, sagte ich schroff.

Sie richtete ihren Oberkörper auf und neigte sich zu mir herüber: »Ich gebe dir zwei Tage, Doktor Gerszterkorn anzurufen.«

Meine Mutter war außerstande, den Namen dieses Mannes von seinem Doktortitel zu trennen, ganz als wäre das simple Wort »Doktor« so etwas wie ein Adelsprädikat.

»Der, von dem Suzanne dir erzählt hat?«

»Genau, er ist immer noch frei.«

Das wird er auch bleiben, dachte ich.

»Ich werde ihn nicht anrufen. Ich habe ihn letztes Jahr schon einmal bei Suzanne getroffen, und ...«

»Wie bitte? Und du hast mir nichts davon erzählt?«

»Nein.«

»Ruf ihn an.«

»Das kommt überhaupt nicht in Frage.«

»Diskutier nicht herum, Emma, sondern ruf ihn an.«

»Wie soll ich ihn anrufen, wenn ich nicht einmal seinen Namen aussprechen kann!«

»Ich verlange von dir nicht, daß du den Namen richtig aussprichst, sondern daß du ihn einmal trägst!«

Bei ihrer Heirat hatte meine Mutter ihren Mädchennamen aufgegeben, wie man alten Plunder fortwirft; seit mehr als vierzig Jahren trug sie nun den Namen meines Vaters mit dem Stolz und der Eleganz einer Frau von Welt, die sich in das Markenkleid eines großen Modeschöpfers hüllt.

»Wie könnte ich mich in so einen Mann verlieben?«

»Aber wer hat denn von dir verlangt, daß du verliebt sein sollst?« rief sie aus und faßte sich an den Kopf. »Eine Ehe ist die legitime Verbindung eines Mannes mit einer Frau, sie ist ein juristischer Kontrakt und keine Liebesangelegenheit!«

»Willst du, daß ich ihn heirate?«

»Ja, am Ende wirst du dich richtig an ihn gewöhnen.«

»Mich an ihn gewöhnen?« fragte ich fassungslos.

»Glaube mir, Emma, die Macht der Gewohnheit zerstört Paare, die sich aus Liebe geheiratet haben, aber die anderen schweißt sie fester zusammen.«

Paul, der sich in unser Gespräch nicht eingemischt hatte, schien dieser Betrachtung zuzustimmen, denn er bewegte den Kopf nach oben und unten. Da entschied ich mich, die Entschlossenheit meiner Mutter ins Wanken zu bringen, indem ich auf die Gefühlstaste drückte: auf ihren Hang zur Sentimentalität, ihre Leidenschaft für Liebesromane – all dieses abgeschmackte Zeug.

»Ich möchte aber aus Liebe heiraten.«

Mein Plan ging in die Binsen. Sie entgegnete: »Es gibt keine Heirat aus Liebe, es gibt nur Hochzeiten aus Vernunft. Nach zwanzig gemeinsamen Jahren sind wir dem anderen nicht mehr aus Liebe treu, sondern weil wir darauf hören, was der Verstand uns vorschreibt.«

Ich war sprachlos, und sie profitierte davon, um mir noch ein paar von ihren Wahrheiten an den Kopf zu werfen: »Und dann hält eine Liebesehe sieben Jahre, während eine Vernunftehe bis zu vier- oder fünfmal so lange dauern kann.«

»Woher nimmst du diese Statistik?«

»Aus meiner persönlichen Erfahrung!«

Mit einem Lächeln beugte sie sich zu mir herüber: »Ich zum Beispiel, als ich euren Vater kennenlernte ...«

Sei doch still! Sie soll schweigen! Bringt sie doch zum Schweigen! Ich will das nicht wissen! Mein Vater und meine Mutter, ihre Geschichten, ihr Intimleben. Macht die Tür nicht auf! Verschlossen soll sie bleiben! Aber nein: Hereinspaziert! Komm doch rein, Emma! Setz dich dort hin, ja, dort, auf unser Bett. Und schau mal! Gleich beginnt die Vorführung. Deine Eltern haben auch ein Bett, in dem sie schlafen, sich umarmen, Liebe machen. Nein! Nein! Sie sollen weiter geschlechtslose Wesen sein! Ihre Sexualität bleibe im Dunkeln!

»... da war ich nicht verliebt. Nein, er gefiel mir nicht. Er war zu mager, durch seine Sachen hindurch konnte ich sein Gerippe ertasten, o mein Gott, und diese schrecklich blasse Haut, mit der er wie ein Geist aussah! Ich habe ihn nur unter Zwang geheiratet, ich habe sogar geweint am Abend vor der Hochzeit, aber ich kann euch versichern: als ich zwanzig Jahre mit ihm zusammen war, da habe ich ihn geliebt.«

Ich würde also zwanzig Jahre lang mit Doktor Gerszterkorn das Bett teilen müssen, um zu verspüren, was der bloße Anblick von Jules binnen weniger Sekunden in mir erweckte.

»Und meine Hochzeitsnacht, o je, die Hochzeitsnacht mit deinem Vater, mit einem wildfremden Mann! Glaubst du, daß es mir leichtgefallen wäre, zu einem Mann, den ich überhaupt nicht kannte, ins Bett zu kriechen?«

»Es reicht! Ich will nicht wissen, was du mit meinem Vater getrieben hast!«

»Oh, beruhige dich doch, ich habe nichts getan als meine Pflicht!«

Ach, die ehelichen Pflichten! Diese schreckliche Erziehung der Sinne! Das Begehren ist nämlich wie ein Kind. Wir müssen ihm schnell ein paar Verbote auferlegen, sonst wird es kriminell! Laßt uns ihm strenge Regeln verordnen! Legen wir ihm Zügel an! Nur so kann es gesellschaftsfähig werden.

»Du wirst das tun, was alle Frauen eines Tages tun: du wirst heiraten und Kinder haben.«

»Die Früchte der Pflicht«, sagte ich spöttisch.

»Schaut doch euch selbst an!« rief sie aus und zeigte mit dem Finger auf uns. »Sind sie nicht herrlich, diese Früchte der Pflicht? Denkt mal an die Söhne von Lucienne. Das waren Früchte der Liebe, und gibt es etwas Häßlicheres als diese beiden verfetteten Zwillinge? Und sie war weiß Gott verliebt in ihren Mann, als sie schwanger wurde. Eine richtige Liebesheirat! Also bitte: quäl dich damit nicht weiter herum und ruf Doktor Gerszterkorn an!«

»Er ist fünfzehn Jahre älter als ich.«

»Fünfzehn Jahre, die er dem Studium und medizinischen Forschungen gewidmet hat.«

»Er ist stockhäßlich.«

»Die Schönheitschirurgen vollbringen heutzutage wahre Wunder.«

»Er hat Zwangsneurosen.«

»Selbst die größten Künstler haben ihre Neurosen.«

»Er leidet an Eiterflechte, an Schuppenflechte ...«

»Er wird sich schon selbst behandeln, schließlich ist er ja Arzt.«

»Er ist Urologe, Mutter. Er faßt den Leuten in den Mastdarm und tastet von früh bis spät Prostatas ab.«

»Die mächtigsten Männer hocken auf allen vieren vor ihm – ist er nicht aller Welt Herr?«

Mit diesen Worten wandte sie sich meinem Bruder zu: »Und was dich angeht, so vergißt du bitteschön diese Deutsche und gehst zu deiner Familie zurück ...«

»Mein Psychoanalytiker meint, daß du nicht das Recht hast, mein ...«

»Ich bin eure Mutter!«

»Aber wir sind keine Kinder mehr!«

»Für mich werdet ihr immer Kinder bleiben.«

»Mein Psychoanalytiker behauptet, daß du aufhören sollst, mein Leben zu kontrollieren.«

»Bist du verrückt geworden? Du bezahlst jemanden, damit er dir sagt, was du denken sollst? Lieber solltest du dir immer vor Augen führen, was deine Mutter dir sagt; das sind kostenlose Worte, die mir meine Liebe und meine Weisheit diktieren.«

»Du mußt aufhören, unser Leben zu kontrollieren«, wiederholte ich.

»Ja, wenn ich tot bin.«

Lastende Stille hüllte den Raum ein.

»Und dann wird es euch noch leid tun, daß ihr nicht auf mich gehört habt. Wie Albert Cohen, der ...«

Den Rest kannte ich auswendig. Meine Mutter hatte in ihrem Leben ein einziges Buch gelesen, *Das Buch meiner Mutter*, dieses Sinnbild der Sohnesliebe, das sie immer aufs neue mit dem gleichen Glücksempfinden durchlas – hatte dieser Schriftsteller nicht mehrere Generationen von Frauen, die auf dem Altar der Mutterliebe geopfert wurden, dem Vergessen entrissen, welchem ihre Söhne sie überantwortet hatten?

»... der das schönste Buch geschrieben hat, das man einer Mutter widmen kann.«

Sie faßte sich ans Herz, stöhnte leise und murmelte ihre geweihte Formel: »Ich sterbe.«

»Und nun laßt mich allein«, fügte sie mit einer Stimme hinzu, die von vorgetäuschten Schmerzen ganz angekratzt war.

»Dich allein lassen? Wie stellst du dir das vor? Du willst doch wohl nicht hierbleiben?« fragte Paul in einem Tonfall, der seine Angst verriet – o nein, nicht die Sorge um die Gesundheit seiner Mutter, sondern die Furcht, seine Reputation könnte durch diese schändliche Ausstoßung von Familienangehörigen Flecken bekommen.

»Doch. Ich werde dieses Zimmer nicht eher verlassen, bis ihr getan habt, worum ich euch gebeten habe.«

Paul rührte sich nicht, er war ganz gelähmt von diesem Drama und dem juristischen Wirrwarr, in das er sich gegen seinen Willen verwickelt sah.

»Wenn du schon so hohe Forderungen an uns stellst,

möchte ich wenigstens wissen, weshalb du Jules angerufen hast«, sagte ich zu meiner Mutter.

Sie antwortete nicht und blickte woandershin.

»Ich habe dich etwas gefragt«, beharrte ich.

»Es war deinetwegen!« rief sie aus. »Um dein Erbteil Früchte tragen zu lassen! So hat dieser Mann dir wenigstens zu einer Sache gedient, und eure Beziehung war nicht völlig fruchtlos!«

Ich war fassungslos. Sie mischte sich aus obskuren Finanzgründen in mein Privatleben ein. Alles mußte zum Vorwand hinhalten, damit sie über mein Dasein bestimmen konnte. Ich stand abrupt auf und machte meinem Bruder ein Zeichen.

»Wir gehen jetzt«, sagte ich.

»Aber wirklich, Emma, wir können doch nicht ...«

»Schweig und komm mit! Am Ende wird sie schon nach Hause zurückkehren.«

Ich faßte Paul beim Arm und zog ihn zum Ausgang.

Kaum daß er das Hotel verlassen hatte, begann er zu brechen. Um ihn zu stützen, legte ich ihm einen Arm um die Taille, und er spie eine gelbliche, schleimige Flüssigkeit aus, welche die Reste der Mahlzeit enthielt, die wir verschlungen hatten, während unsere Mutter durch die Stadt irrte. Vielleicht war es aber auch sein Groll, der unverdaulich geworden war, weil er ihn zu lange zurückgehalten hatte, und den er in diesem Brechanfall herauszubringen versuchte.

»Was ist denn geschehen?« fragte ich und streichelte die Strähnen, die sich ihm wie Schmachtlocken um die Schläfen kringelten.

»Ich glaube, heute hätte ich zu meinem Psychoanalytiker gemußt«, entgegnete er mit einer Stimme, die ganz abgehackt war von der Empfindung, die der Anblick unserer rebellischen Mutter (er hatte sie nur als fügsam und unterwürfig gekannt) bei ihm ausgelöst hatte.

Seine Hände zitterten. Er hatte Entzugserscheinungen, es verlangte ihn nach Aufmerksamkeit. Einundzwanzig Jahre lang hatte meine Mutter ihm zugehört; jetzt zahlte er hundert

Dollar die Woche, damit ein Unbekannter mit weniger Eifer und Sorgfalt dieselbe Aufgabe erfüllte. Denn wo die Gedanken seines Arztes von hundert verschiedenen Dingen abgelenkt sein konnten – von privaten Sorgen, Finanzproblemen, zerbrochenen Partnerschaften –, gingen die meiner Mutter unerschütterlich in eine Richtung; ihr Interesse war nie um etwas anderes gekreist als um ihren Sohn. Hätten die Ärzte ihren Geist seziert, es wären darin Bruchstücke vom Leben ihres Sohnes zum Vorschein gekommen.

»Willst du hier in Paris einen Arzt konsultieren?« flüsterte ich.

»Nein, es wird schon vorübergehen, für diese Woche habe ich schon alle Sitzungen bezahlt.«

»Aber was soll das bringen, wenn du in Paris bist?«

»Das ist ein Teil meiner Therapie. Wenn ich auch die Sitzungen bezahle, zu denen ich nicht gehe, läuft die Psychoanalyse selbst über Tausende Kilometer Entfernung weiter.«

Mein Bruder verschleuderte die Hälfte seines Einkommens beim Psychoanalytiker, während meine Mutter und ich nichts besaßen.

»Jetzt aber nach Hause!« rief ich und schritt ein wenig voraus.

»Wäre sie nicht unsere Mutter, ich würde sie wegen seelischer Grausamkeit belangen!« stieß Paul hervor und strich sich über die Mundwinkel.

Wir gingen einige Meter wortlos nebeneinander, als Paul plötzlich langsamer wurde.

»Bist du müde?« fragte ich.

»Tut mir leid, Emma, aber ich kann sie nicht allein lassen in diesem Hotel mit all den Typen, die da herumstreichen. Ich fühle mich zu ...«

»... zu schuldig?«

Paul nickte. Sein alter Schuldkomplex war wieder an die Oberfläche gestiegen. Er machte kehrt, und ich folgte ihm wie ein Hund. Als er das Hotelzimmer betrat, sah er, daß unsere

Mutter immer noch mit verschlossener Miene auf dem Bett lag. Er ging zu ihr hinüber und küßte sie flüchtig.

»Jetzt mußt du heimkehren!« sagte er in einem Tonfall, aus dem nicht Autorität sprach, sondern Unterordnung.

Sie antwortete nicht.

»Aber was willst du denn noch?«

»Meine Bedingungen habe ich euch genannt.« Sie zuckte die Schultern und verzog verächtlich den Mund.

Ich wollte schon wieder gehen, als mein Bruder einen Satz stotterte, der mich erstarren ließ: »Wir sind bereit zu tun, was du von uns verlangst.«

Er sagte es mit einer einförmigen Stimme, die seine ganze Resignation verriet.

»Wie bitte? Was hast du gesagt?« fragte ich verdattert.

»Du hast schon richtig verstanden. Wir werden tun, was Mutter uns vorschreibt.«

Meine Mutter setzte ein Siegerlächeln auf, aus welchem ich ihre Allmacht gut ablesen konnte. Sie erhob sich vom Stuhl und zupfte am Saum ihres Kleides.

»Es gibt aber eine Bedingung«, sagte Paul kalt.

Meine Mutter stand mit eingeknickten Knien da und wußte nicht, ob sie stehen bleiben oder sich wieder setzen sollte. So zusammengestaucht, wirkte sie noch kleiner.

»Welche Bedingung?« fragte sie mit zittriger Stimme.

»Du mußt einen Arzt konsultieren.«

»Was für einen Arzt?«

»Einen, der dir beibringt, dich selbst besser kennenzulernen.«

»Wie soll er mir etwas über mich beibringen, das ich nicht schon selber weiß?«

»Er wird dir zuhören.«

»Ich muß kein Geld ausgeben, damit mir jemand zuhört; Lucienne und Suzanne machen das kostenlos.«

»Er wird dir helfen.«

»Für so etwas ist das Sozialamt da.«

»Hör mal, Mutter, du mußt wirklich einen Arzt aufsuchen.

Wer ist dir lieber, ein Psychiater, ein Psychoanalytiker oder ein Psychologe?«

Mein Bruder war der große Spezialist für psychische Störungen. Seit er achtzehn war, hatte er eine Psychoanalyse nach der anderen durchlaufen.

»Welchen Unterschied gibt es da?« fragte meine Mutter und setzte sich wieder aufs Bett.

»Ein Psychiater ist ein Arzt, der sich auf Krankheiten des Geistes spezialisiert hat.«

»Aber ich bin doch nicht geisteskrank!«

»Ein Psychologe hat ein Universitätsdiplom und befaßt sich mit ...«

»Aber er ist kein Arzt?«

»Nein.«

»Wenn es so ist, gehe ich nicht zu ihm.«

»Dann bleibt dir noch die Psychoanalyse, das ist eine von Freud entwickelte Methode, deren Ziel darin liegt, die ...«

»Von dem jüdischen Arzt Freud?«

»Ja.«

»Na schön, meinetwegen Psychoanalyse«, befand meine Mutter abschließend.

Wer könnte eine jüdische Neurose besser heilen als ein Jude? Man findet nirgends so viel Verständnis wie bei seinesgleichen!

Sie erhob sich und folgte uns. Auf dem Nachhauseweg murmelte sie in einem Dialekt, den ich nicht verstand, vor sich hin. Sie führte einen seltsamen Dialog mit sich selbst. Aus dem Klang ihrer Stimme erriet ich, daß sie sich selbst ausschalt, sie machte sich Vorwürfe, geißelte sich. Ihre Lippen zuckten unmerklich, von Worten bewegt, die ich nur wie ein fernes Echo wahrnahm. Was hatte sie sich zu sagen? Ich schlich mich in die Klüfte ihrer Seele ein, vernahm dort Schmähreden und Maßregelungen. Zum ersten Mal beurteilte ich meine Mutter mit Nachsicht: sich selbst verlangte sie ebensoviel ab wie ihren Kindern.

Ein Dreierhaushalt

Ich dachte noch immer an meinen Tod. Ich lebte nur noch in dieser Erwartung. Kaum hatte meine Mutter die Haustürschwelle überschritten, verkündete ich ihr leidenschaftslos: »Ich werde sterben.«

Sie zog sich mit einer leichten Drehung des Fußes ihre Schuhe aus. »Wie kommst du auf solche Gedanken«, fragte sie beunruhigt, »bist du krank?«

»Eine Wahrsagerin hat es mir angekündigt.«

Meine Mutter lachte abschätzig: »Das ist doch nur dummes Gerede.«

Sie dachte, ich würde ihre eigenen Waffen einsetzen, um sie einzuschüchtern; betrachtete sie den Tod letztlich nicht als abstraktes Ereignis ohne weitere Konsequenzen? Benahm sie sich nicht weiterhin so, als wäre mein Vater noch am Leben? Sie wusch seine Wäsche, stellte für ihn Teller und Besteck auf den Tisch und hatte seine Stimme auf dem Anrufbeantworter gelassen, jene warme und berauschende Stimme, die einem verkündete, dies sei der Anschluß von Samuel und Nina Blum, die *im Moment* nicht erreichbar seien. Dabei war mein Vater nun schon seit Monaten für niemanden mehr zu erreichen!

»Erfinde keine Geschichten, bloß um Doktor Gerszterkorn nicht anrufen zu müssen«, brummelte sie und begab sich in ihre Küche.

Diese Küche war der Schauplatz aller Versöhnungen. Ich dachte, sie wollte unsere Papillen verwöhnen, sie würde die Kräuter mit dem Fleisch mischen, rote Pfefferschoten in siedendem Öl brutzeln, das Aroma eingelegter Zitronen würde sich mit dem der Schnittpetersilie vereinen, der Paprika im farbigen

Sud schmelzend weich werden, und tausend Gewürze würden unsere Sinne betören. Es war schon fast 23 Uhr. Eine Stunde später drang noch immer kein Dunst von köchelnden Speisen aus der Küche. Meine Mutter fabrizierte nicht das Abendessen, sondern einen Plan. Um Mitternacht schob sie einen Brief unter der Tür durch. Wie in einer langen Litanei hatte sie darin alles aufgelistet, was sie für uns nicht mehr erledigen wollte:

Nach dreißig Jahren treuer und redlicher Dienste gebe ich mit sofortiger Wirkung mein Amt als Hausfrau und Mutter auf. Daher wird vom heutigen Tage an folgendes anders werden:

Ich werde euch nicht mehr anhören.

Ich werde nicht mehr kochen.

Ich werde euer Zeug nicht mehr aufräumen.

Ich werde eure Wäsche nicht mehr waschen.

Ich werde eure Hemden nicht mehr bügeln. Und ändern auch nicht mehr.

Ich werde euch nicht mehr gesundpflegen.

Ich werde euch keinerlei Geschenke mehr kaufen.

Ich werde nicht mehr mitten in der Nacht aufstehen, um euch zuzudecken.

Ich werde euch bei Tisch nicht mehr bedienen und euer Geschirr nicht mehr abräumen.

Ich werde eure Geburtstage nicht mehr feiern.

Ich werde euch nicht mehr anrufen.

Ich werde künftig weder eure Steuererklärungen noch eure Krankenversicherungsformulare ausfüllen.

Ich werde eure Einkäufe nicht mehr erledigen.

Ich werde meine Ersparnisse nicht mehr ausgeben, um euch ein schönes Leben zu sichern.

Ich werde eure Papierkörbe nicht mehr herunterbringen.

Ich werde künftig weder eure Zimmer saubermachen noch die Badewanne auswischen, nachdem ihr geduscht habt.

Ich werde euch überhaupt nicht mehr zur Verfügung stehen.

Unten links hatte sie immerhin mit schwarzem Filzstift hinzugefügt: *Aber lieben werde ich euch weiterhin.* Die Mutterliebe hatte sich auf ihren einfachsten Ausdruck reduziert.

Ich reichte den Brief meinem Bruder; sein Blick spiegelte mein eigenes Erstaunen. Wir waren ratlos. Dreißig Jahre lang hatte sie die undankbare und unbezahlte Mutterrolle auf sich genommen, ohne dafür die kleinste Anerkennung einzustreichen. Ihr Einsatz war grenzenlos gewesen – sieben Tage die Woche, vierundzwanzig Stunden pro Tag, also hundertachtundsechzig Stunden die Woche (davon waren neununddreißig dem Haushalt gewidmet, einundzwanzig dem Essenkochen, sieben Stunden dem Einnehmen der Mahlzeiten, vierzehn dem Einkaufen, acht dem Fernsehen, sieben dem Gerede am Telefon, vierzehn dem Trübsalblasen und Herumlamentieren wegen meiner Ehelosigkeit, sechsundfünfzig dem Schlafen und nur zwei Stunden der Schönheitspflege); einen freien Tag hatte sie nicht gehabt. Jetzt wollte sie diesem höllischen Rhythmus, der aus ihr eine verbrauchte, glanzlose Frau gemacht hatte, ein Ende setzen.

»Ich verstehe das nicht!« rief Paul. »Ich wohne schon fast acht Jahre nicht mehr bei Mutter; alle diese Vorwürfe sollten an dich adressiert sein, aber nicht an mich!«

Daß das Leben unserer Mutter am Tag seiner Abreise nach New York stehengeblieben war, wußte Paul nicht – oder jedenfalls tat er so, als wüßte er es nicht.

Als sie aus der Küche trat, sprach keiner von uns ein Wort: wer hätte gewagt, ihr Heiligtum zu entweihen? Mein Bruder, der mitgenommen aussah von der schlaflosen Nacht, stürzte auf sie zu und bat sie auf Knien um Vergebung. Er kauerte zu ihren Füßen, als wäre er noch ein Kind und könnte nicht gehen, ohne sich ihr an die Beine zu klammern. Bei meiner Mutter löste die plötzliche Gefügigkeit meines Bruders nicht nur keinen Argwohn aus, nein, sie wurde ganz weichherzig gestimmt, denn sie beugte sich zu ihm hinab, half ihm, wieder aufzustehen, und strich ihm übers Haar. Wie durch Zauberei (und war mein Bruder nicht mit übernatürlichen Fähigkeiten ausgestattet?) wurde sie wieder zu der, die sie immer gewesen war: sie lauschte auf seine Wünsche und fügte sich ihnen. Sie kehrte in die Küche zurück, die sie niemals hätte verlassen sollen, kochte die Gerichte, welche ihr Sohn besonders gern aß, richtete sich nach seinem Geschmack – ihre Rebellion hatte exakt dreieinhalb Minuten gedauert.

Bis zum Abend verließen wir die Küche nicht mehr; wir speisten, lachten über uns selbst, ja, wir haben wirklich gelacht, aber schon damals sind mir die Risse hinter dem Lächeln meiner Mutter aufgefallen. Es war etwas zerbrochen in ihr. Binnen weniger Wochen hatte sie entdeckt, daß es eine Sexualität gab, von der ihr nie etwas in den Sinn gekommen wäre, wenn sie nicht meine Manuskripte gefunden hätte, und sie hatte mit ansehen müssen, wie ihre Kinder, den mütterlichen Worten untreu, lausige Verschwörer, ihre geheiligten Regeln übertreten hatten.

»Mach deinem Bruder das Bett fertig«, befahl sie mir, als sie den Tisch abräumte.

Sogleich erhob ich mich und ging ins Schlafzimmer meiner Mutter – wir hatten uns geeinigt, daß sie in der Wohnstube schlafen würde. Der Schlaf schnappte nach mir. Zum ersten Mal seit Monaten schlossen sich meine Lider von ganz allein und nicht mehr nur unter dem Druck meiner Finger. Ich legte eine Matratze auf den Fußboden, warf ein altes Laken darüber und eine Bettdecke, die an einigen Stellen angesengt war.

»Dein Bett ist fertig!« rief ich.

Mein Bruder hörte mich nicht. Er redete im Flur mit meiner Mutter. Was sprachen sie da miteinander? Ihre Vertrautheit machte mich wütend. In unserem Trio war ich diejenige, die immer auf ein Zeichen von ihm oder ihr wartete, ich fühlte mich ausgeschlossen, fortgestoßen; dennoch machte ich ihnen keine Vorwürfe, ich nährte mich von ihrer Liebe, obgleich ich wußte, daß ich niemals an der Quelle trinken würde.

Ich streckte mich auf der Matratze aus und starrte auf den

Lichtstrahl, der unter der Tür ins Zimmer drang; ich wartete auf meinen Bruder. Als er dann über die Schwelle trat, hätte ich fast einen Schrei ausgestoßen: er hatte sich den Schlafanzug meines Vaters angezogen. Sein Leib schlackerte in der Hose, die ihm auf die Hüfte hinabrutschte. Die Ärmel waren so lang, daß sie ihm die Hände ganz verdeckten. Es war ein unanständiges Bild, nicht weil ich seinen Bauchnabel ausmachen konnte, sondern weil ein Lebender die Kleider eines Toten trug. Jahrzehntelang hatte dieser Schlafanzug einen Körper umhüllt, seinen Geruch angenommen, sich seinen Kurven angepaßt, und eines Tages kommt ein anderer Mann – jung! kräftig! vor Gesundheit strotzend! welche Unschicklichkeit! – und reißt ihn sich unter den Nagel. Der Schlafanzug war zum Leichentuch geworden, und kein Lebender hätte ihn sich aneignen dürfen. Mein Bruder streckte sich auf dem Bett aus, rieb seine Beine an den frischen, duftenden Laken, zog die Bettdecke hoch und legte den Kopf aufs Kissen. Obwohl er der Jüngere von uns beiden war, hatte ich ihm das Bett meiner Mutter überlassen. Er war ein Mann, und das genügte, damit man ihm in der Familienhierarchie den besten Platz zuwies, ihm eine würdige, bevorzugte Behandlung sicherte. Kaum hatte er sich hingelegt, war ich eingeschlafen.

Am nächsten Morgen um Punkt acht platzte meine Mutter ins Zimmer, ohne anzuklopfen, und schüttelte mich energisch an der Schulter. »Steh auf, Emma«, schrie sie, »es ist schon acht Uhr!«

Ich öffnete ein Auge und stellte fest, daß ich immer noch am Leben war.

Sie näherte sich dem Bett, in welchem mein Bruder schlief, und streichelte die Stirn ihres Sohnes, wie ein Archäologe sacht den heiligen Stein betastet, in welchen die Hieroglyphen geritzt sind. Paul ließ ein Brummen vernehmen.

»Du kannst noch schlafen, mein Junge«, flüsterte sie, »es ist ja erst acht Uhr.«

Sobald es sich um ihren Sohn handelte, griff meine Mutter zu einem anderen Maß für Raum und Zeit. Paul vergrub seinen Kopf unter dem Kissen. Ich lag noch immer auf der Matratze, ich beobachtete meine Mutter, während sie ihren eingeschlummerten Sohn betrachtete. In ihrem Blick fanden sich die größten Reichtümer der Seele zusammen: Liebe, Hingabe, Uneigennützigkeit und Selbstverleugnung. Ich war nicht eifersüchtig auf meinen Bruder, nein, ich beneidete meine Mutter, weil sie einem Mann solch eine Liebe spenden konnte, ohne irgendeine Gegenleistung zu erwarten, ähnlich wie ein Diener, der seinem Herrn vollkommen ergeben ist. Ich fühlte mich dazu nicht imstande. Jules mochte vielleicht hoffen, daß ich auf ihn den gleichen Blick richten würde, überströmend vor Liebe und Vertrauen, völlig frei von Ansprüchen, diesen Blick, den nur Mütter besitzen und den die Männer ihr ganzes Leben lang in den Augen der Frauen wiederfinden wollen, aber als ich mein Spiegelbild betrachtete, entdeckte ich darin nur den leeren, erloschenen und desillusionierten Blick des Hirszenbergschen Bildes. Ich besaß kein Selbstvertrauen, ich zweifelte, fühlte mich wie eine Niete, verachtenswert, und das Wissen um meine Mittelmäßigkeit marterte mich mehr als das Urteil der anderen. Wie konnte ich auf die Beschimpfungen antworten, die ich an mich selbst richtete? Wie kämpft man gegen einen Bedrücker, wenn man selbst der Bedrücker ist? Ein Gedanke setzte sich in mir fest: ja, ich hätte heiraten sollen und Kinder bekommen – war es nicht das, wovon ich unbewußt träumte? –; dann wäre ich so mit der Sorge um die anderen beschäftigt gewesen, daß ich mich selbst, meine eigene miserable Person, ganz vergessen hätte. Mutter zu werden bedeutete, dem Kindsein zu entsagen. Aber das Kind in mir beanspruchte den ganzen Platz. Jules hatte mich nie zurückgerufen, mein Vater war tot, mein Bruder schlief, und meine Mutter schaute ihm beim Schlafen zu: zum ersten Mal hielt ich die Prophezeiung der Wahrsagerin für eine angenehme Aussicht. Ich redete mir ein, daß der Tod für mich eine Erlösung wäre, als mich plötzlich die dicken Hände meiner Mutter packten.

»Los, Emma, wir müssen das Haus aufräumen, und zwar gleich!«

Ich sprang mit einem Satz hoch, die mütterliche Stimme hatte meine morbiden Gedanken verscheucht. Ich duschte, zog mich eilends an und ging zu meiner Mutter in die Küche. Ich räumte auf, wischte den Fliesenboden, rieb die Wände ab, fuhr mit dem Staubsauger in die hintersten Winkel und entstaubte eifrig jedes einzelne Ding: Hausarbeit hatte eine beruhigende Wirkung. Als mein Bruder um halb eins im Wohnzimmer auftauchte, hatte ich alles im Haus blankgewienert. Ohne ein »Guten Tag« auch nur anzudeuten, machte er es sich auf dem Sofa bequem, legte die Füße auf den Couchtisch und schaltete den Fernseher ein. Ich machte ihm Frühstück: Tee mit Milch, die Croissants, die ich am Morgen vom Bäcker geholt hatte und nun im Herd aufwärmte, Butter, Konfitüre, Orangensaft; ich trug ihm das Tablett ins Wohnzimmer. Er brachte ein schwaches »Danke« hervor und biß herzhaft in sein Croissant, wobei er die Krümel achtlos auf den Teppichboden fallen ließ. Den Tee kippte er in einem Zug hinunter, aber das Glas mit dem Orangensaft kam nicht bis an seine Lippen: er hatte es über dem Holztisch ausgeschüttet. Die Flüssigkeit war aufs Sofa gelaufen, und noch ehe ich die kleinste Bemerkung hatte loslassen können, war meine Mutter schon lächelnd in die Stube geeilt, ein feuchtes Tuch in der Hand, und hatte ausgerufen: »Aber das ist doch nicht schlimm, ich mache es ja gleich sauber!« Die bloße Gegenwart meines Bruders genügte, um meine Mutter euphorisch zu machen; eine Schachtel Antidepressiva hätte keine solche Wirkung gehabt. Aus welchem Stoff war sein Leib gemacht, daß er bei einer gewöhnlich schroffen und schweigsamen Person solche Glücksschübe auslöste? Sie war wie eine Asthmakranke, die nach einer heftigen Krise ihr Aufputschmittel inhaliert hat. Sie lachte, trällerte beim Abwaschen, beklagte sich nicht mehr. Ich schloß daraus, daß mein Bruder ein heiliger Mann war, den man achten und verehren mußte. Meine Mutter und ich, wir waren glücklich, treue Untertanen in seinem Harem. Bis zu jenem Morgen, als Paul einen Anruf von seiner Frau bekam. Meine Mutter, die den Hörer abgehoben hatte, gab zunächst die Redefloskeln von sich, die in ihrem persönlichen Kodex für gute Beziehungen zwischen Schwiegermüttern und Schwiegertöchtern standen, und erklärte ihr dann brüsk – auf französisch und sehr schnell, damit ihre Gesprächspartnerin nichts verstand: »Ich kann Ihnen Paul nicht ans Telefon holen, er schläft.«

»Es ist wichtig«, sagte die andere (auch ich weigerte mich, sie anders zu nennen, denn war sie nicht eine Fremde, ein angeschlepptes Stück, das sich nicht in die Familienordnung einpaßte?).

»Ich bedaure, aber ich kann ihn nicht wecken.«

»Ich muß ihn sprechen«, wiederholte die andere in zögerlichem Französisch.

»Nun los, ich höre, was Sie zu sagen haben, ich bin ja wach.«

»Ich muß Paul sprechen.«

»Aber ich sage Ihnen doch, daß er ...«

Da beging die andere einen bedauernswerten Fehler, der beinahe einer Straftat gleichkam: sie schnitt meiner Mutter das Wort ab.

»I'm pregnant«, stieß sie mit schneidender Stimme hervor.

Ich sah, wie meiner Mutter das Blut in mächtigen Wellen ins Gesicht schoß; der Zorn verzerrte ihr die Augen, während die andere wiederholte: »I'm pregnant.«

»Was redet sie da?« fragte mich meine Mutter. Ich jubilierte; jetzt war sie von mir abhängig, jawohl, sie ließ meine Lippen nicht aus den Augen; die andere bellte indessen: »I'm pregnant! I'm pregnant!«

»Ich verstehe sie nicht!« schrie meine Mutter. »Was redet sie da nur?«

Und sie fügte verächtlich hinzu: »Die sollte mal Französisch lernen!«

Ich wußte, was die arme Frau ihr verständlich zu machen suchte, hütete mich aber, es zu übersetzen.

Meine Mutter schrie sich immer noch die Lunge aus dem Hals: »Und sowieso, was für eine Idee, eine Amerikanerin zu heiraten, wo es doch Tausende Französinnen gibt, nach denen man bloß die Hand auszustrecken braucht!«

Jetzt tauchte Paul im Zimmer auf.

»Da, es ist deine Frau«, sagte meine Mutter und reichte ihm den feuchten Hörer.

»Hi!« rief er aus.

Er hörte ihr einige Sekunden zu, und seine Miene wurde ernst.

»What did you say?«

Den Hörer in der Hand, drehte er sich zu seiner Mutter und rief mit vor Aufregung heiserer Stimme: »She's pregnant!«

Meine Mutter schüttelte mißmutig den Kopf: »O mein Gott! Schau dir das an, er wird ganz zum Amerikaner; kann er nicht französisch sprechen wie alle Welt auch?«

Und während Paul mit seiner Frau redete, begann meine Mutter zu brüllen, als würde sie in ein Megaphon sprechen: »Will mir vielleicht mal jemand sagen, was hier vor sich geht?!«

Die andere war schwanger und verlangte (denn jetzt, wo sie sein Kind trug, konnte sie von Paul alles verlangen), daß mein Bruder nach New York zurückkehrte.

Kleiner Ehebruch unter Freunden

Wir hatten beschlossen, uns am Grab meines Vaters voneinander zu verabschieden, so wie sich andere zu einem letzten Glas treffen. Ehe Paul nach New York zurückkehrte, wollte er sich hier noch einmal sammeln; er war seit dem Tod unseres Vaters nicht mehr auf dem Friedhof gewesen. Dem Anlaß entsprechend hatte meine Mutter wieder ihre »Würdige-Witwe«-Uniform angelegt: ein sehr langes schwarzes Kleid, die genaue Kopie eines Chanel-Modells, das Karl Lagerfeld für Caroline von Monaco entworfen hatte. Über den Kopf hatte sie sich ein graues Baumwolltuch gebunden, das sie immer nur zu Friedhofsbesuchen hervorholte. Durch den Stoff sah ich ihre goldenen Ohrringe schimmern, mit denen sie sich seit Jahren nicht mehr geschmückt hatte und die sie heute zu Ehren ihres toten Mannes oder ihres lebendigen Sohnes trug. Ans Revers ihrer purpurroten Wolljacke hatte sie eine kleine Schlangenbrosche gesteckt, die ihr mein Vater zu ihrem einunddreißigsten Hochzeitstag geschenkt hatte. Sie hätte elegant aussehen können, wenn sie nicht ihre Ledersandalen angezogen hätte, aus denen die in Stützstrümpfe gezwängten Zehen ragten. Auch ich hatte mich in Schwarz gekleidet – schwarze Hose, schwarze Wildlederstiefel, schwarzer Mantel –, ich hatte meine Augen mit einem Kajalstift betont, einen Lidstrich gezogen und mir die Brauen gepudert, ich wollte ganz im Dekor aufgehen, den Trauernden ähneln und dem Bestattungspersonal, wie ein Schatten zwischen den Gräbern entlanggleiten, ich trug meine langen braunen Haare offen, selbst mein Gesicht hatte einen erdigen Teint angenommen, lange Strähnen blieben darin hängen und verflochten sich ineinander wie lederne

Bänder; es gab beinahe nur noch einen einzigen Farbfleck, der in all dem Schwarz ertrank: mein Lippenrot, das so ins Violette spielte, daß man gemeint hätte, ich trüge auf dem Mund einen Bluterguß.

Was Paul betraf, so hatte er dieselben Sachen angezogen wie am Vortag – eine braune Samthose und ein blaßblaues Hemd, das er verkehrt zugeknöpft hatte. Er hatte sich nicht gekämmt, seine Haare waren ineinander verheddert und standen ihm in Locken auf dem Kopf. Sein ausdrucksloser Blick verriet, wie resigniert und voller Überdruß er war. Mit gerade einmal achtundzwanzig Jahren war er ein Mann, den die verrückt machende Liebe seiner Mutter, die erdrückende Gegenwart seiner Frau und der stets angespannte Arbeitsrhythmus aufgebraucht hatten. Er hatte niemals ein Recht auf sich selbst gehabt, Freiheit war nur ein vager juristischer Begriff, er hatte nichts als Unterdrückung und Machtmißbrauch kennengelernt.

Wir gingen Seite an Seite, ineinander verhakt wie die Glieder einer Kette; zum ersten Mal hatte ich das Gefühl, einer richtigen Familie anzugehören, wir schrieben Familiengeschichte, wir fühlten uns innig verbunden, und meine Mutter rief die Erinnerung an unseren Vater wach: »Er war ein großzügiger Mann mit einer starken Persönlichkeit, richtig charismatisch. Ein wunderbarer Ehemann und ein wunderbarer Vater. Erinnert ihr euch daran, wieviel Zeit er damit zubrachte, euch die Schulaufgaben hersagen zu lassen? Er wollte, daß ihr einmal studieren könnt. Ich bin keinem zweiten Mann begegnet, der so außergewöhnlich war.« Sie hielt einen Moment inne und fügte dann, zu Paul gewandt, hinzu: »Alles, was ich mir wünsche, ist, daß du so ein Mann wirst wie dein Vater, würdig und ehrenwert, und daß du dich so um deine Frau und deine Kinder sorgst, wie er es stets getan hat. Und was dich angeht«, sagte sie mit einem Blick auf mich, »so hoffe ich, daß du einen Mann heiratest, der ebenso gut und treu ist.«

Keiner von uns widersprach: unser Vater war wirklich so

gewesen, wie sie ihn voller Ergriffenheit geschildert hatte. Auf dem riesigen Friedhof suchten wir das Grab beinahe eine Viertelstunde lang. Endlich erkannte ich in der Ferne die Allee, wo mein Vater beerdigt worden war, und die große graue Platte, die alle anderen überragte. Wir legten einen Schritt zu, aber plötzlich erstarrte meine Mutter; sie blieb verblüfft stehen, den Mund halb offen, die Augen starr auf den Horizont gerichtet. Sie faßte sich ans Herz, drohte zu straucheln und mußte sich auf Paul stützen. Denn da war eine Frau vor dem Grab meines Vaters. Eine ganz in Weiß gekleidete Frau, die den Kopf vornübergebeugt hatte und mit Schwamm und Wassereimer die Grabplatte säuberte. Eine Frau, von der wir zunächst nur die schlanke Silhouette wahrnahmen. Von unserem Standort aus erkannten wir ihr Gesicht nicht, aber wir konnten die Schluchzer hören, die ihr geräuschvoll entfuhren.

»Wer ist diese Frau?« fragte meine Mutter in einem Ton, der ihre Beunruhigung verriet.

»Ich weiß nicht«, antwortete Paul, »vielleicht eine Freundin von Papa.«

»Dein Vater hatte keine Freundinnen.«

»Eine Arbeitskollegin?«

»Er hat nie mit Frauen gearbeitet.«

»Oder eine Kundin?«

»Ich erinnere dich daran, daß dein Vater von Beruf Totenwäscher war. Mit wem soll er sich da zusammengetan haben, etwa mit den Leichen?«

Ich beobachtete die Silhouette genauer, während sie große Gesten vollführte. Sie hatte sich in eine Stola aus ungebleichtem Stoff gehüllt, die mit cremefarbenen Fuchsschwänzen verziert war, die bei jeder Bewegung auf und nieder hüpften. Mir fiel auf, daß sie auf zehn Zentimeter hohen Pfennigabsätzen stand, und ich erriet ihre Identität, als meine Mutter auch schon ein gellendes Geschrei ausstieß.

»Lucienne!« brüllte sie. »Es ist Lucienne!«

Als Lucienne hörte, daß jemand ihren Vornamen wie ein

Schimpfwort schrie, ließ sie ihren Schwamm fallen; er klatschte auf die feuchte Grabplatte. Meine Mutter schritt eilends zum Grab, als würde sie von einem heftigen Wind vorangetrieben.

»Was machst du bitte schön an Samuels Grab?«

Lucienne hockte noch einen Moment mit verkrampften Zügen da; zwischen den Fingern knautschte sie ihre Fuchsschwänze; sie stammelte, gewann aber langsam die Fassung zurück: »Ich bin hergekommen, um meiner Eltern an ihrem Grab zu gedenken, und da habe ich gleich die Gelegenheit genutzt und den Stein deines Mannes saubergemacht.«

»Deine Eltern sind in Marseille begraben!«

Meine Mutter ging auf sie zu und berührte ihr Gesicht mit den Fingerspitzen, wie man ein schmutziges Stück Stoff antippt.

»Ich habe wirklich nicht geträumt – du weinst!«

Lucienne senkte den Blick und zog die Schultern ein; sie versuchte, sich ganz in sich zusammenzurollen, aber ihr langer, schlanker Körper wollte das nicht mitmachen.

»Warum weinst du?« fragte meine Mutter mit Schärfe, während Lucienne wie einen Psalm herunterleierte: »Es ist nicht, was du glaubst, Nina, nein, du verstehst das falsch, es ist nicht, was du glaubst.«

»Ich glaube überhaupt nichts!« entgegnete meine Mutter und hob die Stimme. »Ich stelle lediglich fest, daß meine Freundin am Grab meines Mannes weint. Es gibt hier Tausende von Gräbern, und du hast dir gerade das meines Mannes ausgesucht, um zu weinen.«

Lucienne fing noch heftiger zu schluchzen an. Ihre Lider flatterten, als würden sie verzweifelt versuchen, die Tränen zurückzuhalten, die den glasigen Augen entströmten. Lucienne schnaufte, heulte auf, stöhnte und stieß kleine schneidende Schreie aus; als ich ihre vom Schmerz verzerrten Züge sah, mußte ich daran denken, wie unbewegt die Miene meiner Mutter gewesen war, als man meinen Vater beerdigt hatte.

Zwischen beiden Frauen lag das Grab, auf dem der Name meines Vaters und sein Geburts- und Sterbedatum eingraviert waren. In den Stein eingelegt, schien sein Porträt (das ihn lächelnd und bei bester Gesundheit am Strand von Rio de Janeiro zeigte) die Streitenden herauszufordern.

»Es tut mir leid, daß du es auf diese Weise erfährst«, stammelte Lucienne, »ja, ich war in deinen Mann verliebt.«

»Aber ich bin seine Witwe!« rief meine Mutter und zeigte auf das Grab, als wollte sie eine Fundsache für sich beanspruchen.

Lucienne wischte sich mit dem Handrücken die Tränen weg und schob ihren Unterkiefer vor: »Na schön, und ich, ich war seine Geliebte!«

»Er war mein Mann!«

»Und mein Liebhaber!«

»Mit mir war er verheiratet!«

»Und mit mir hat er …«

Bevor Lucienne zu Ende sprechen konnte, schnappte sich meine Mutter den Schwamm und klatschte ihn ihr ins Gesicht. Augenblicklich begann Luciennes Schminke herabzurinnen. Der Puder, den sie aufgetragen hatte, vermischte sich mit dem Wasser, und um Lippen und Augen bildete sich eine gelbliche Masse, die wie Eiter aussah.

Sie machten sich gegenseitig die Erinnerung an meinen Vater streitig, als wäre jede von ihnen durch ein seltsames Testament zur alleinigen Inhaberin eines moralischen Anspruchs auf den Verstorbenen bestimmt worden. Mein Bruder wollte dazwischentreten: »Nun beruhigt euch doch!«

»Halt den Mund! Das sind Frauensachen!« donnerte meine Mutter, schob ihn beiseite und holte zu ihrem Monolog aus: »Du Monstrum du Verräterin du widerst mich an ich habe dir stundenlang zugehört wie du über deinen Mann gejammert hast und dann hast du nichts Besseres zu tun gehabt als mir meinen wegzunehmen ich werde dich umbringen wie hast du mir so etwas antun können ich werde dich dort neben ihm verscharren du Miststück wenn ich daran denke daß ich dir all die Jahre vertraut habe und du du schläfst mit meinem Mann ich dachte du wärst meine Freundin und dabei bist du nichts als eine Nutte jawohl das bist du und in der Hölle wirst du brennen nun schaut euch doch mal diese kleine Schlampe an mit ihren Hackenschuhen diese alte kleine Schlampe die mit dem Mann ihrer besten Freundin geschlafen hat ihrer Freundin seit eh und je die sie niemals verraten hat und hat er dich denn viele Jahre gefickt?«

Als mein Bruder diese Worte vernahm, wäre er beinahe ohnmächtig geworden. Auch ich war perplex, nicht weil meine Mutter ihren Monolog losließ, diesen Wortschwall war ich ja gewöhnt, sondern weil sie eine zotige Sprache benutzte, die man sonst nicht von ihr kannte. Ich fand einige Ausdrücke aus meinen Verlagsmanuskripten wieder, meine Mutter hatte sich daraus für den persönlichen Gebrauch bedient, für diese schmutzige Abrechnung zwischen zwei gedemütigten Frauen. Und die Worte »Hat er dich denn viele Jahre gefickt?«, die sie dort gelesen haben mußte, klangen aus ihrem Munde so falsch, als wären sie von einem Sprachgestörten ausgesprochen worden. Sogar Lucienne erstarrte angesichts der Heftigkeit und Vulgarität dieser Worte. Meine Mutter begann wie eine Sioux-Indianerin um Lucienne zu kreisen, die sich zum Weinen auf das Grab gesetzt hatte; sie kreiste und kreiste, brüllte »Du Monster!«, wirbelte herum, reckte die Fäuste empor, kreiste und kreiste, und plötzlich befahl sie Lucienne, ihre Stöckelschuhe auszuziehen. Lucienne gehorchte, mit einer kurzen und heftigen Bewegung zerriß sie das Riemchen, und während sie den anderen Schuh auszog, hob meine Mutter den ersten in die Höhe und schrie: »Mit den Dingern da hast du ihn rumgekriegt!« Mit diesen Worten rammte sie Lucienne den Pfennigabsatz in den Arm und entschwand in den Alleen des Friedhofs von Pantin. Lucienne taumelte und fiel rücklings auf das von Seifenwasser nasse Grab.

»Zu Hilfe!« schrie sie und preßte ihren blutenden Arm gegen den Körper.

Das Corpus delicti, die Quelle allen Unglücks – Lucienne trug es in ihrem Fleisch. Es war ein Stöckelschuh von einer berühmten Marke, mit dem sie, wie andere ihre Jugend einsetzen, meinen Vater verführt hatte.

»Helft mir doch!« wiederholte sie, aber in dem Augenblick, wo Paul ihr die Hand reichte, hob meine Mutter von fern drohend den Zeigefinger. Paul ließ Lucienne, deren weiße Stola ganz blutbefleckt war, wieder fallen. Ich rührte mich nicht, um ihr zu helfen, ich folgte Paul, der zu unserer Mutter hinüberging. Wir setzten uns wieder in Marsch, ich an der linken Seite meiner Mutter, Paul an ihrer rechten. Ich sagte leise: »Wenn ich mir vorstelle, daß Papa …«

»Nehmt diesen Namen in meiner Gegenwart nie wieder in den Mund!« befahl meine Mutter und schwenkte ihren Oberkörper nach beiden Seiten aus.

(Sein Name werde getilgt aus dem Buche der Familie. Fürderhin sollt ihr ihn nie mehr aussprechen. Es soll kein Gebet gesagt werden in Seinem Namen. Ihr sollt ihn tauchen in die schmutzigen Wasser des Vergessens, und wenn ihr ihn herauszieht, wird er verdorben sein und zuschanden. Wie die Ewige, eure Mutter, euch befohlen, sollt ihr Seinen Namen nicht mehr niederschreiben. Heiliget Sein Gedächtnis nicht und erzählt euren Kindern und Kindeskindern, bis hinab in die zehnte Generation, die Geschichte dieses Mannes – Sein Name sei verflucht! –, der seine Familie verriet und das Gebot übertrat, welches da lautet: »Du sollst nicht ehebrechen.« Ja, ihr werdet euch erinnern an die Worte der Ewigen, eurer Mutter – so erinnert euch! –, grabt sie euch in die Herzen ein, lehrt sie eure Kinder.)

Im Auto redete sie nicht mit uns, sie begnügte sich damit, durch die schmutzige Scheibe die Landschaft zu betrachten – woran mag sie gedacht haben? –; auch Paul schwieg und preßte seine Reisetasche an sich. Ich schaltete das Radio ein.

Der Sender, den ich gewählt hatte, brachte ein Chanson von Barbara.

»Mach aus«, wies meine Mutter mich an.

Paul und meine Mutter schliefen ein, gewiegt vom sanften Schlingern des Autos. Ich beobachtete sie im Rückspiegel, sie hatten sich aneinandergeschmiegt wie zwei Liebende, sie atmeten geräuschvoll. Paul schlug erst bei unserer Ankunft auf dem Flughafen die Augen auf. Meine Mutter schlief immer noch, er mochte sie trotz meines Drängens nicht wecken. Er stieg aus, legte mir die Hände auf die Schultern und küßte mich auf die Schläfen. Als seine Lippen sich von meiner Haut lösten, blieben Speicheltröpfchen zurück, doch ich wischte sie nicht weg.

»Wir sehen uns wieder, wenn mein Kind geboren ist«, flüsterte er.

»Was hast du wegen deiner Frau beschlossen?«

»Ich lasse mich nicht scheiden«, sagte er kalt. »Aber ich bin nicht sicher, ob ich Christina aufgeben kann.«

»Was für ein Possenspiel! Unser Vater hat unsere Mutter betrogen, du betrügst deine Frau, und ich selbst habe ein Verhältnis mit einem verheirateten Mann. Gibt es denn nur noch solche außerehelichen Partnerschaften?«

Mein Bruder lachte nervös.

»Ist das nicht der beste Status? Illegitime Paare sind die wahren Nutznießer der Liebe. Keiner hat ein Besitzrecht am andern, aber jeder kann alle Freuden mit ihm auskosten.«

Er küßte mich ein letztes Mal und verschmolz dann mit der dichten Menge, die sich um den Eingang zum Flughafen drängte.

Auf dem Heimweg dachte ich an Jules, an das Leben, welches er mir zu bieten hatte. Ich malte mir aus, wie ich in dreißig Jahren sein Grab blankscheuern und mir die Erinnerung an ihn mit seiner rechtmäßigen Frau streitig machen würde. Noch am selben Abend rief ich Doktor Gerszterkorn an.

Der Wortplünderer

»Er ist ja nicht einmal ein Plagiator, er ist ein Spekulant: er hat so wenig Eigenliebe, daß er uns zitiert.«
Edmond und Jules de Goncourt, »Tagebuch«, 1861

Théodore Gerszterkorn wirkte nicht überrascht, als er meine Stimme vernahm; es schien mir, als hätte er schon auf meinen Anruf gewartet. Er verabredete sich mit mir für nächsten Abend in einem Café in der Rue Bourg-Tibourg, das einen beziehungsreichen Namen trug – *Gebrüder Hochzeit*. Trafen wir uns denn in einer anderen Absicht als zu heiraten? Sagte die Symbiose seines und meines Willens nicht mehr als der Text einer Heiratsannonce? Für den Anlaß hatte ich mir ein ärmelloses kleines Oberteil aus Baumwolle angezogen, ausgewaschene Jeans und schwarze Stiefeletten mit Absätzen. Schon zehn Minuten vor der Zeit war ich am vereinbarten Treffpunkt. Ich erinnerte mich vage an ihn, ich hatte ihn ein paar Monate zuvor gesehen und war damals frappiert gewesen vom Kontrast zwischen der Schwärze seines Haars, das er lang und zum Pferdeschwanz gebunden trug, und der Weiße der Flecken, von denen sein Gesicht übersät war. Während ich auf ihn wartete, bestellte ich einen Tee und beobachtete die Gäste, die das Lokal betraten. Zwei in Pelzmäntel gezwängte Frauen kamen herein, gefolgt von drei schmerbäuchigen, glatzköpfigen Männern, die Zigarre rauchten. Als ein Mann mit kurzem braunem Haar und einem Strauß Jungfer im Grünen in der Hand auf mich zukam und sich mit »Théo Gerszterkorn« vorstellte, stammelte ich ein paar unverständliche Worte. Er ähnelte auf merkwürdige Weise dem Schauspieler John Tur-

turro: dieselben schwarzen Augen, die von überlangen Wimpern eingefaßt waren, dasselbe gezwungene Lächeln und inmitten des blutleeren Gesichts eine lange Hakennase. Seit wir uns bei Suzanne gesehen hatten, war er schlanker geworden, und seinen Dreiteiler hatte er gegen eine Jeans und ein pflaumenblaues Samtjackett eingetauscht. In diesem Aufzug wirkte er um vieles jünger. Eine Hornbrille mir runden Gläsern rahmte seine braunen Augen ein. Wenn er lächelte, schauten kleine Falten unter den Brillenbügeln hervor. Meine Anspannung löste sich augenblicklich, ja, ich spürte, wie meine Muskeln sich lockerten; der Mann, der dort vor mir stand, ähnelte in nichts der Person, die mir bei Suzanne zutiefst mißfallen hatte; er bezauberte mich, ich vergaß Jules auf der Stelle; im tiefsten Innern war ich meiner Mutter dankbar, daß sie mich zu ihm geführt hatte, und ich sagte lautlos ein Liebeslied her: *Komm, mein Geliebter, und koste vom Wasser meines Mundes*, doch während ich noch die Wörter in meinem Kopf zusammensetzte, reichte er mir seine Hand, und aus dem Liebeslied wurde ein Grabgesang. Seine breiten, schwieligen Hände, die mir schon bei leichtester Berührung die Haut aufschürften, waren wie von einem körnigen Film überzogen. Kaum hatte er Platz genommen, begann er an den Nägeln zu kauen, er raspelte die abgestorbene Haut mit den Zähnen herunter und lutschte die Bluttröpfchen auf, die sein Fleisch durch den ständigen Kontakt mit den Beißwerkzeugen absonderte. An seinem Hemdkragen bemerkte ich schwärzliche Flecken, die entstanden waren, weil der Stoff am Hals gescheuert hatte. Ich nahm den scharfen Geruch wahr, den sein Oberkörper verströmte. Erinnerungen an Düfte und Bilder stiegen in mir auf: das süße Parfüm von Jules, die untadelige Weiße seiner Hemden. Madame Paloma hatte richtig gesehen: wenn ich diesen Mann heiraten müßte, würde ich sterben. Er lächelte einfältig, und ich wußte nicht, ob ich sein Lächeln erwidern oder die Lippen verziehen sollte; ich mochte nichts dafür tun, die Atmosphäre zu entspannen. Der Kellner näherte sich unserem

Tisch. Gerszterkorn bestellte einen Tomatensaft und für mich noch einen Tee.

»Ich möchte alles über Sie wissen!« rief er aus.

»Da gibt es nichts zu erzählen«, sagte ich schroff.

Er schien überrascht von meiner Bemerkung. Eine diffuse Röte überzog seine Wangen. Er prüfte, ob sein Hosenschlitz auch richtig zu war, und rieb seine Hände an den Beinen. Seine Pupillen rollten wie die Kugeln in einem Flipperautomaten; er war nicht imstande, mich länger als fünf Sekunden anzuschauen.

Als der Kellner unsere Getränke auf den Tisch stellte, holte Gerszterkorn ein imprägniertes Zellstofftuch aus der Tasche, desinfizierte seine Hände und den Glasrand und tastete dann von neuem an seinem Hosenstall herum. Er nahm einen Schluck vom Tomatensaft und hüstelte – die Gewürze hatten ihm die Zunge gereizt.

»Was machen Sie so im Leben?« fragte er und räusperte sich zugleich.

Um die Oberlippe klebten ihm noch Spuren vom Saft. Dieser kleine rote Schnauzbart gab ihm das Aussehen eines blutdürstigen Monsters. Er machte mir angst; dennoch antwortete ich ihm: »Ich bin Lektorin in einem Verlag.«

»Wie herrlich!« rief er und fuhr sich mit der Zunge über die Lippen. »Literatur?«

»Ja, Erotik.«

»Ein hübsches Mädchen sollte sich immer nur ums Bumsen kümmern und nie ums Kinderkriegen«, fiel ihm dazu ein.

Ich tat, als hätte ich seine Bemerkung überhört, und kam gleich zu dem Schluß, daß dieser Mann zur Kategorie »alter perverser Junggeselle« gehörte.

»Ach ja, die Literatur!« seufzte er, als bekäme er schon bei bloßer Erwähnung dieses Wortes einen Orgasmus.

»Und Sie? Sie sind, glaube ich, Arzt?«

»Ja, Urologe.«

Ein langes Schweigen breitete sich zwischen uns aus.

»Glauben Sie bloß nicht, daß das meine Berufung wäre!« rechtfertigte sich Gerszterkorn. »Ich bin Urologe geworden, weil ich in meinem Jahrgang als Sechshundertfünfzigster abgeschlossen habe. Hätte ich Platz 649 erreicht, wäre ich Frauenarzt geworden – die Vagina auszutasten, war mir schon immer lieber. Ach, wie gut haben es die Gynäkologen! In die intimsten Sphären tausender Frauen eindringen! Den Ursprung der Welt betrachten! Dafür bezahlt werden, daß man Frauen abfingert, das ist doch ein Beruf, der zur Berufung werden kann. Ich hingegen lege den Katheter, schabe aus, mache kleine Schnitte ...«

Ein angewiderter Ausdruck legte sich mir über die Lippen.

»So einen Beruf könnte ich nie im Leben ausüben.«

Er schnellte von seinem Stuhl hoch und schrie: *»Ich habe schmutzige Hände. Bis zu den Ellenbogen. Ich habe sie in Scheiße getaucht und in Blut. Und wennschon! Bildest du dir ein, man könnte regieren und unschuldig bleiben?«*

Ich wußte nicht, was mich mehr schockierte: der plötzliche Übergang zum »Du«, die viehische Raserei, die ihn mit einemmal ergriffen hatte, oder die Tatsache, daß er sich Sartres Worte zum Eigentum machte. An diesem Punkt unserer Unterhaltung derartige Sätze zu zitieren, wirkte so unpassend wie Gelächter auf einer Totenwache.

»Beruhigen Sie sich doch«, flüsterte ich, »die Leute gucken schon!«

Er kontrollierte, ob sein Hosenstall richtig zu war, zog ein imprägniertes Zellstofftuch aus der Tasche und reinigte sich die Hände.

»Verzeihen Sie«, brummelte er.

Ich war bereit, ihm alles zu verzeihen, wenn er mich nur gehen ließ.

Seine Wangen röteten sich unter dem Ansturm seiner sämtlichen Hautprobleme und Verhaltensstörungen: geplatzte Äderchen, Akne, Ekzeme, Nesselsucht, Schüchternheit, Angstzustände, Neurosen.

»Sie sind wirklich eine faszinierende Frau, Emma. Eine richtige Romanheldin. Ich nehme an, daß Ihre Mutter Ihnen diesen Vornamen gegeben hat, um Flaubert zu ehren?«

»Ja«, antwortete ich. Ich wagte nicht zu gestehen, daß sie mich Emma genannt hatte, um ihre Schwiegermutter zu ehren, »eine gehorsame und tapfere Gattin«, die »ohne Betäubung« zehn Kinder geboren und, »ohne sich jemals zu beklagen«, großgezogen hatte.

Er schaute nachdenklich auf seine Uhr, dann lehnte er sich zu mir hinüber und flüsterte: »Ich möchte Sie heiraten.«

»Was? Aber Sie wissen überhaupt nichts von mir!«

»Ich werde es lernen, mich mit Ihnen bekannt zu machen.«

»Das ist unmöglich, ich kenne mich ja selbst nicht …«

»Ich mag die Art, wie Sie auf die Leute in Ihrer Umgebung schauen. Ich mag Ihren Gang, Ihr Lächeln …«

»Aber werden Sie auch meinen wetterwendischen Charakter mögen, meine Phobien, meine Schlaflosigkeit, meine Nervenkrisen, meine Ungeduld? Werden Sie morgens beim Aufwachen meine geschwollenen Augen mögen und meine Augenringe? Und dann kann ich weder kochen noch nähen oder bügeln! Ich kann keine Waschmaschine ansetzen, ohne daß die Wäsche die Farbe verliert. Ich räume niemals meine Sachen auf und …«

»Ich möchte Sie heiraten, Kinder mit Ihnen haben.«

»So rasch?«

Er legte mir seine rauhen Hände auf die Arme und murmelte: *»Ich habe nie die Schultern einer jungen Frau sehen können, ohne gleich daran zu denken, eine Familie zu gründen.«*

Dieser Mann war der allerseltsamste, dem ich je begegnet war. Aber seine Seltsamkeit ließ mich erschauern, statt mich zu rühren.

»Wollen Sie meine Frau werden?« fragte er mich.

Seine Frau? Das Possessivpronomen drehte mir den Magen um. Ich wollte niemandem gehören.

»Ich bin nicht sicher, ob ich mich binden möchte. Das Heiraten macht mir angst.«

»Die Ehe ist der wahre Stand, der Thron der Frau.«

»Warum wollen Sie heiraten?«

»Allein ist man immer in schlechter Gesellschaft.«

Als unser Gespräch an diesen Punkt gelangt war, merkte ich noch nicht, daß er sich die meisten Antworten bei Schriftstellern borgte, daß er sie ohne jede Scham und ohne Angabe der Quelle zitierte. Aber Gewißheit hatte ich erst, als ich ihn fragte, was ihm denn Liebe bedeute, und er mir lakonisch entgegnete: *»Liebe ist das Stückchen Unendlichkeit, das jeder Dackel erreichen kann.«*

Ich täuschte eine Migräne vor, um mich aus dem Staub machen zu können, aber er wollte mich nach Hause fahren. Die ganze Strecke gab er seine Reden von sich, doch ich wagte nicht, ihn zu unterbrechen. Er war nicht imstande, seine eigenen Worte zu finden; er sprach immer bloß in Zitaten, deren Herkunft er nicht nannte. Er plagiierte aus Gewohnheit, aus Ungeniertheit, wie sollte man das wissen? Gerszterkorn war ein Wortplünderer, ein literarischer Delinquent. Kein Gesetz verurteilte diesen Sprachmißbrauch, er konnte die Worte der anderen nach Belieben stibitzen wie ein Einbrecher, der mitten am Tage in ein Museum geht und ungestört die Kunstwerke zusammenrafft.

Ich wollte gerade aus seinem Wagen steigen, als er mich am Arm festhielt.

»Ich habe Sie noch gar nicht geküßt«, sagte er.

Ich hielt ihm meine Wange so furchtsam hin, wie Kinder einem Sanitäter, der mit einer Spritze bewaffnet ist, ihren Arm präsentieren. Er nahm mein Kinn zwischen die Finger, näherte sein Gesicht und küßte mich bedächtig. Ich tat, was mich meine Mutter gelehrt hatte, wenn ich krank war und sie mir mit Gewalt einen widerlich schmeckenden Hustensaft verabreichte. Ich schloß die Augen, sperrte den Mund weit auf, ließ seine metallische Zunge hineinfahren und hopp!, schluckte ich seinen Speichel, um ihn gleich wieder in ein Papiertaschentuch zu spucken, als Gerszterkorn mir den Rücken zuwandte, um ein x-tes Mal zu überprüfen, ob sein Hosenschlitz richtig geschlossen war.

»Zwischen den Frauen und mir gibt es immer einen Blitzverschluß, der klemmt.«

Ich versuchte, die Wagentür zu öffnen; als er sich mir näherte, hatte er sie vorsorglich verriegelt. Ich spürte seinen Atem auf der Haut, seinen beißenden Hauch. Er strich mir über die Haare, und ich wagte nicht, seine rauhe Hand zurückzustoßen; meine Seele ließ einen durchdringenden Schrei ertönen, aber er hörte ihn nicht.

»Man liebt schon, wenn man sich lieben läßt«, säuselte er mir ins Ohr.

Ich begann zu zählen, die einförmige Aufreihung von Ziffern überlagerte seine Worte. Als ich bei 304 angelangt war, löste er die Türverriegelung. Ohne ein Wort des Abschieds hastete ich davon, um in jenem Mietshaus zu verschwinden, in dessen fünfter Etage, Wohnung 502, links neben dem Fahrstuhl, eine Kupplerin lebte, der ich etwas erzählen mußte, und zwar schnell, so wie man die Einzelposten einer Abrechnung auflistet:

1. Théodore Gerszterkorn gefiel mir nicht.
2. Ich würde Théodore Gerszterkorn nicht wiedersehen.
3. Théodore Gerszterkorn konnte wieder zu seinen Heiratsannoncen zurückkehren: *Arzt (45), exzellente berufliche Stellung, gutaussehend, intelligent, gebildet und sportlich, sucht gutaussehende, sanfte, nette j. Fr. bis 32 Jahre zwecks Heirat.*

Viertens, fünftens, sechstens und so weiter bis tausendstens – die Gründe, diesen Mann nicht zu heiraten, waren so zahlreich, daß ein Leben nicht ausgereicht hätte, sie aufzuzählen.

Ich steckte meinen Schlüssel ins Schlüsselloch – die Abrechnung hatte schon begonnen –, als ich eine wohlbekannte Stimme vernahm, die mich zusammenschrecken ließ.

»Und?«

Meine Mutter hockte im Dunkeln, erwartete mich bereits im Flur. Sie trug ihr weißes Baumwollnachthemd, das unter den Armen aufgerissen war, und hatte ihre Wärmschuhe an.

»Warum bist du zu dieser Zeit noch auf den Beinen?«

»Ich habe auf dich gewartet.«

»Leg dich wieder ins Bett!«

»Wie ist er so?«

»Darüber mag ich nicht reden.«

»Hat er die Rechnung allein bezahlt?«

»Ja, wieso fragst du ...«

»Nun, dann ist er perfekt. Heirate ihn!«

Und mit diesen Worten machte sie kehrt.

»Warte! Laß mich zu Ende reden! Sein Gesicht ist ganz verzerrt von nervösen Ticks, er ist nachlässig, neurotisch, zwanghaft, steif, seine Hände sind von Flechten überzogen, ein Drittel seiner Zeit verbringt er damit, zu kontrollieren, ob sein Hosenstall zu ist, alle fünf Minuten desinfiziert er sich mit einem imprägnierten Tuch die Finger, und am schlimmsten ist, daß er nicht reden kann, ohne ständig andere zu zitieren.«

Meine Mutter stand schweigend da. Ihr Gesicht hatte sich verfinstert.

»Überstürze nichts und gib ihm noch eine Chance.«

Ich seufzte.

»Jules Carel rufst du nicht wieder an, nicht wahr?«

»Nein, ich rufe ihn nicht wieder an.«

»Schön«, sagte sie, »vor allem will ich ja nicht, daß du lebst wie Lucienne und ...«

Sie hielt ein, ehe ihr Sein Name über die Lippen gekommen war, und ging dann murrend auf ihr Zimmer, in dem die ganze Zeit das Licht gebrannt hatte.

Waren die Blumen eine Liebeserklärung, ein Glücksversprechen, ein Heiratsantrag? Schon am Tag nach meiner Begegnung mit Gerszterkorn fand ich auf dem Treppenabsatz einen enormen Maiglöckchenstrauß, an dem ein paar Worte hingen, die Théodore zwar selbst geschrieben, aber aus dem Geist eines anderen gesogen hatte: *Im Maienwind die Blumen wehn ... Mit Zärtlichkeit. Théo.*

Seine Geste berührte mich. Jedenfalls, bis ich den Strauß in eine Vase stellte. Schnell wurden die Blumen zu einer Kriegserklärung, einer Verwünschung, zu Vorboten der Trennung. Die faserigen Stiele verströmten einen Pest-Geruch, und ich hatte Angst, daß diese Beziehung ebenso schnell vermodern würde, wie sie aufgeblüht war. Ich rief Théodore an, um ihm zu danken, doch ehe ich irgend etwas sagen konnte, wollte er sich schon mit mir verabreden. Als Treffpunkt schlug ich ihm das Museum für jüdische Kunst und Geschichte vor; ich hatte das *Bildnis eines jungen Mannes* schon seit Wochen nicht gesehen.

Ich fand ihn vor dem Museumseingang, er wartete auf mich, den Rücken gegen die Mauer gelehnt, die Hände in den Manteltaschen vergraben. Irgend etwas an ihm rührte mich. Seine linkische Art, seine Schüchternheit, dieses mangelnde Selbstvertrauen, an dem auch ich litt? Ich konnte es nicht genau benennen, aber als ich ihn sah, hüllte sich ein Schleier aus Wohlbehagen um meine Gedanken.

Théodore geriet wie ein Kind in Verzückung, als er die Gemälde Chagalls sah und die traditionellen Hochzeitstrachten, aber das *Bildnis eines jungen Mannes*, das nicht eigens ins Licht gerückt war, bemerkte er nicht. Er ging an dem Bild vorüber, ohne es eines Blickes zu würdigen. Ich faßte ihn beim Arm und zog ihn bis zu dem Gemälde zurück.

»Was hältst du von dem?« fragte ich.

Er warf einen zerstreuten Blick auf das Bild und äußerte dann in entschiedenem Ton: *»Kunst ist in meinen Augen nur etwas wert, wenn sie der Ausdruck einer Moral ist. Alles andere ist Dekoration.«*

Und er entfernte sich in Richtung der Plakate zur Dreyfus-Affäre. Ich blieb vor dem Bild wie angewurzelt stehen. Der schöne Blick des Unbekannten drang in mich ein: wie konnte mich die Betrachtung dieses Werkes in einen Glückstaumel versetzen, während es Théodore völlig gleichgültig ließ? Ich konnte die Augen nicht von dem Gemälde lösen, registrierte jede Einzelheit, als ich plötzlich spürte, wie sich mir eine Hand auf den Arm legte. Ich fuhr zusammen: Théodore zog mich am Jackenärmel.

»Gehen wir«, sagte er. *»Eine der großen Regeln der Kunst: man soll sich nicht zu lange aufhalten.«*

Dennoch, gerade dies wünschte ich mir: ich wollte vor dieser Leinwand bleiben, in der Nähe des unbekannten jungen Mannes. Ich stellte mir vor, wie ich meiner Mutter verkündete: »Ich habe einen Mann kennengelernt.«

»Wo hast du ihn getroffen?«

»In einem Museum.«

»War er dort als Besucher?«

»Nein.«

»Ist er Museumskonservator?«

»Nein, Modell.«

»O mein Gott! Sitzt er dort nackt herum?«

»Nein.«

»Das ist kein ernstzunehmender Beruf!«

»Ich glaube, er ist Schriftsteller.«

»Das ist schon besser. Wie heißt er denn?«

»Ich weiß seinen Namen nicht.«

»Aber wirklich, Emma! Wie kannst du dich in einen Unbekannten vergucken?«

Warum müssen wir die Leute kennen, die wir lieben? Sollen sie doch Fremde bleiben, ganz und gar Unbekannte! Geständnisse sind die schlimmsten Feinde der Liebe. Ich wollte nichts über ihn wissen! Sein rätselhafter, streichelnder Blick, sein Schweigen, sein Geheimnis machten mich glücklicher als alle vertraulichen Bekenntnisse. Seine Geschichte interessierte mich nicht. Was kümmerte es mich, ob er in Łodz geboren war, in Jerusalem oder Paris? Und in diesem Augenblick begriff ich auch, daß es nicht Jules' Gegenwart war, die in mir diese Liebesleidenschaft auslöste; es war sein Fernsein. Über Jules wußte ich nichts. Welche Farbe hatte er am liebsten? Auf welche Lebensmittel reagierte er allergisch? Bekam er im Flugzeug Platzangst? Welche Musik hörte er? Welches Verhältnis hatte er zu seiner Mutter? Um wieviel Uhr stand er morgens auf? Spielte er Poker? Investierte er sein Geld in Kunstwerke? Interessierte er sich für Politik? Wählte er die Linken oder die Rechten? Las er russische Literatur? Aß er lieber herzhafte oder süße Speisen? Duschte oder badete er? War er nervös, gestreßt, herrschsüchtig? Vertraute er seine Ängste einem Psychoanalytiker an? All diese Fragen blieben unbeantwortet. Ich hatte mich dafür entschieden, unerreichbare Wesen zu lieben. Von all diesen Unbekannten war meine Mutter die erste gewesen. Sie sprach nie über ihr Vorleben, aber hinter ihrer Verschwiegenheit nahm ich Schmerzensschreie wahr und das Gedröhn einer geborstenen Biographie. Hatte sie eine glückliche Kindheit gehabt? War sie verliebt gewesen? Auf Schweigen antwortete Schweigen. Ich hatte neun Monate im Bauch einer Frau gelebt; ich wußte, wie ihr Körper im Innern funktionierte, aber der Zugang zu ihrem Denken war mir verwehrt geblieben. Dann war da mein Vater, ein ganz und gar Unbekannter, der ein Doppelleben geführt hatte, ohne daß es irgendwem aufgefallen war; mein Bruder, über den ein Arzt alles wußte; Jules, der seine Geheimnisse hütete, und schließlich Théodore – der neueste Mann in dieser Reihe. Unbekannt, wie er mir war, würde er großartig in den Rahmen passen.

Eine voreheliche Visite

Man sollte immer argwöhnisch sein, wenn Männer noch bei ihren Eltern wohnen. Leider hatte ich Théodore vertraut, ich glaubte – zu Unrecht –, ein literarischer Delinquent könne nicht gefährlich sein. Und so nahm ich seine Einladung zum Abendessen bei den Eltern, also bei ihm zu Hause, an. Die Gerszterkorns bewohnten ein Einfamilienhäuschen aus rotem Backstein, das sich in einem Pariser Vorort an einer Ausfallstraße hinduckte. An die Pforte hatte jemand ein Metallschild mit der Aufschrift *Vorsicht, bissiger Hund!* geschraubt. Als meine Mutter es sah, schreckte sie zurück – sie hatte eine panische Angst vor Haustieren.

»Schau doch mal!« sagte ich und zeigte auf die Gartenpforten der Nachbarhäuser. »Sie haben alle dasselbe Schild. Das ist nichts als eine Sicherheitsmaßnahme.«

Sie stieß einen Seufzer der Erleichterung aus und nahm mich beim Arm.

»Sei freundlich und mach der Frau des Hauses Komplimente«, empfahl sie mir, »und iß alles, was sie aufträgt.«

Ich nickte und drückte auf die Klinke.

»Und vor allem«, sagte meine Mutter leise, »vergiß nie diesen einen Rat: sprich nicht über Religion und auch nicht über Politik!«

Sie legte die Haarsträhne zurecht, die mir nachlässig über die Augen fiel, prüfte, ob die Knöpfe meiner Kostümjacke fest saßen und die Hose ordentliche Bügelfalten hatte. Sie befeuchtete den rechten Zeigefinger mit Spucke und wischte mir über die Wange, um Lippenstiftspuren zu beseitigen. Dann trat sie drei Schritte zurück, maß mich mit Blicken, hielt sich noch einen Moment bei meiner Frisur auf und schlußfolgerte dann: »Nun ist es perfekt!« Ich drückte den Klingelknopf, und wir vernahmen von jenseits der Tür ein hysterisches Geheul, das von den Ausrufen einer erregten Stimme begleitet wurde.

»Was geht da vor sich?« flüsterte ich meiner Mutter zu.

Sie zuckte die Schultern, als im Türspalt auch schon das Gesicht von Geneviève Gerszterkorn erschien.

»Herzlich willkommen!« rief sie aus.

Sie war eine kleine blonde Frau mit einem kindlichen Gesicht, welches übersät war mit Sommersprossen, zu denen sich einige Altersflecken gesellt hatten. Ein langer Zopf wippte ihr auf Höhe der Nieren hin und her. Sie trug ein blaßrosa Baumwollkleid, und an den Füßen hatte sie ebenso gefärbte Hausschuhe mit Absätzen. Kaum hatte sie die Tür halb geöffnet, kam ein winziger Hund – ein altes Tier von unbestimmbarer Rasse – herausgeschossen und sprang kläffend an meiner Mutter hoch.

»Ah, Sie haben einen Hund!« rief meine Mutter.

»Eine Hündin«, berichtigte Geneviève Gerszterkorn.

Obwohl meine Mutter Tiere nie hatte ausstehen können – sie brachte alle möglichen Gründe dafür vor: Ekel, Allergien, die Angst, gebissen zu werden –, machte sie nicht die kleinste unfreundliche Bemerkung, als die Hündin ihr die Strumpfhose zerkratzte; sie rief sogar fröhlich aus: »Ist die aber süß! Ach, wenn ich einen Rüden hätte, könnte sie Junge kriegen!«

Wachset und mehret euch!

Ihre Worte bestärkten mich in meiner Überzeugung, daß sie sich selbst eine göttliche Mission auferlegt hatte: Tiere wollte sie paaren und Menschenwesen.

»Hereinspaziert! Hereinspaziert!« schrie Geneviève Gerszterkorn.

Ich folgte meiner Mutter, aber da stieg mir ein starker Kohlgeruch in die Nase, der vermischt war mit Terpentinausdünstungen; in diesen Räumen konnte man nicht atmen; die Fenster waren verschlossen – wie konnten sie es aushalten an diesem ekelerregenden Ort? Meine Mutter schaute mich an und kniff die Nase zusammen. Geneviève Gerszterkorn half uns beim Ablegen unserer Mäntel.

»Setzen Sie sich bitte dort hin!« sagte sie und zeigte auf eine mit gelblichem Stoff bezogene Couch, auf welcher die Hündin offenbar häufig ihre Krallen erprobt und ihr Geschäft verrichtet hatte.

Das Wohnzimmer war ein großer, finsterer Raum mit ausgebleichten Tapeten. Dutzende von Gegenständen – Karaffen aus Kristall und Zinn, Porzellanpüppchen, gerahmte Fotos, russische Puppen, verstaubte Bücher – häuften sich auf kleinen Holztischen. Die Möbel paßten so schlecht zueinander, daß man hätte glauben können, man betrete den Lagerraum eines Trödlers. Théodores Vater ließ so zärtliche Blicke über diese Objekte schweifen, als schaue er auf seine eigenen Kinder. Er stand mitten in der Wohnstube, wie festgewurzelt, in die Falle gelockt von seinem mageren Skelett, über dem der Kopf wackelte. Schöne weiße Locken umrahmten sein Gesicht, das von tiefen Falten durchzogen war: von seinem ganzen Mobiliar schien er das älteste Stück zu sein. Mit einer Geste forderte er uns auf, Platz zu nehmen. Meine Mutter schickte sich gerade an, ihren breiten Hintern in den weichen Stoff zu versenken, als Théodore das Zimmer betrat. Er trug ein weinrotes Hemd und eine an den Knien durchgescheuerte Jeans. An den leuchtenden Augen meiner Mutter konnte ich erkennen, daß er sie bezaubert hatte. Glücklicherweise schüttelte er ihr nicht die Hand – manchmal hat die Nichtachtung sozialer Gepflogenheiten sogar günstige Folgen. Wir setzten uns, ohne damit aufzuhören, uns gegenseitig zu mustern. Es galt, den Gesprächspartner abzuschätzen, indem man versuchte, in seinen Gedanken das Urteil zu lesen, welches er über uns gefällt hatte. Dies war eine heikle Sache, denn man mußte zu gleicher Zeit reden und interpretieren. So musterte ich Geneviève Gerszterkorn eingehend, während ich mich mit ihr unterhielt (wir tauschten ein paar Banalitäten über das

Glück, ein Haustier zu besitzen) – sie war nicht von Natur aus blond, denn an den Haarwurzeln entdeckte ich Graues und Weißes; die Augenbrauen hatte sie sich vollkommen ausgezupft und durch eine einfache bräunliche Tätowierung ersetzt. Ich entlockte ihrem Geist die Kommentare, die sie insgeheim über mich machte: »Diese Frau ist ganz reizend, aber trotzdem zu mager, sie macht viel weniger her als mein Sohn und ist vielleicht ein wenig zu alt für ihn. Sie hat hübsche schwarze Haare, aber leider wird sie sie in ein paar Jahren nicht mehr so lang tragen können.« Endlich würde sie zu dem Schluß kommen, daß die Heirat in Ordnung gehe. Ich drehte mich zu meiner Mutter: sie sah elegant aus in ihrem schwarzen, mit Spitze besetzten Seidenkleid; ich hörte ihre Ansichten über die Lebensqualität in Paris und las dabei in ihren Gedanken den ersten Eindruck, den sie von Théodore gewonnen hatte: »Dieser Mann ist ganz reizend, aber trotzdem zu mager, er macht viel weniger her als meine Tochter und ist vielleicht ein wenig zu alt für sie. Er hat hübsche schwarze Haare, aber leider werden sie ihm in ein paar Jahren ausfallen.« Endlich würde sie zu dem Schluß kommen, daß die Heirat in Ordnung gehe. Was Gilbert Gerszterkorn dachte, war nicht zu ergründen. Théodore wiederum hielt seine Zitate im Kopf eingelagert und ließ nicht einen einzigen Gedanken hinzutreten, der von ihm selbst stammte. Jeder widmete sich seinen Betrachtungen, als meine Mutter, der der Gestank zusetzte, fragte: »Haben Sie in Ihrem Haus frisch gemalert?«

»Finden Sie, daß es nach Farbe riecht?« erwiderte Geneviève Gerszterkorn und brüllte, ohne die Antwort abzuwarten, los: »Gilbert, mach die Fenster auf, schnell, laß frische Luft in die Stube! – Entschuldigen Sie, ich leide an Anosmie.«

»Was ist das?« wollte meine Mutter wissen.

»Ein totaler Verlust des Geruchssinns.«

»Das tut mir aber leid; das muß für Sie im Alltag ein wahres Martyrium sein.«

»Aber für meine berufliche Laufbahn war es ein Glück!«

»Ach wirklich? Was machen Sie denn?«

Geneviève Gerszterkorn murmelte nach einem Zögern: »Ich bin Sanitärverantwortliche.«

»Und was tut man da?«

»Sie ist Toilettenfrau«, sagte Théodore.

»Im Ritz!« fügte Geneviève Gerszterkorn stolz hinzu. »Und was machen Sie?«

»Oh, ich bin in Rente, aber ich war Näherin.«

Madame Gerszterkorn setzte eine verächtliche Miene auf: »Da waren Sie also eine einfache Arbeiterin.«

Sogleich präzisierte meine Mutter: »Bei Chanel!«

»Ah!«

Subalterne Untertanen im Königreich des Luxus und der Wollust, fühlten sie sich so stolz, als würde der Ruhm ihrer Arbeitgeber auch ein wenig auf sie abfärben. Es folgte eine philosophische Unterhaltung über die hygienischen Verhältnisse in den Pariser Toiletten. In mannigfachen Details schilderte meine Mutter die Leiden, welche ihr ihre undichte Blase verschaffte, und ihre Kümmernisse auf der Suche nach sauberen Toiletten.

»Und Sie, Herr Gerszterkorn, was ist Ihr Beruf?« fragte sie dann und trat gleichzeitig der Hündin, die sich an ihren Beinen rieb, in die Seite.

»Ich habe vierzig Jahre lang in der Stadtbibliothek von Vitry-sur-Seine gearbeitet, bis zu meinem Unfall.«

»Was für ein Unfall war das?« bohrte meine Mutter nach, denn Krankheitsgeschichten faszinierten sie.

»Ein blöder Arbeitsunfall. Eine Bücherwand ist auf mich gestürzt. Ich hatte vier gebrochene Rippen, ein Schädeltrauma und eine abgequetschte Zehe. Seitdem bin ich krankgeschrieben.«

»Das muß ja schrecklich sein!«

»Schrecklich?« meinte seine Frau und servierte mir ein Glas Mineralwasser. »Die Sozialversicherung sorgt für seinen Lebensunterhalt. Könnte er sich in seinem Alter was Besseres erträumen?«

Die Hündin jaulte vor Schmerz auf, meine Mutter hatte ihr wahrscheinlich den Todesstoß versetzt.

»Pscht!« machte der Vater und schlug den Blick nieder, denn er fürchtete noch immer, ein Kontrolleur von der Sozialversicherung könnte ausgerechnet in dem Moment um sein Haus streichen, da er seinen täglichen Spaziergang von zehn Kilometern machte, während er doch eigentlich bettlägerig sein sollte.

Mit kaum hörbarer Stimme flüsterte Geneviève Gerszterkorn: »Und was beschließen wir nun wegen dieser Hochzeit?«

Wegen dieser Hochzeit? Vom Heiraten ist noch gar nicht die Rede gewesen, dachte ich.

»Da lasse ich Ihnen freie Hand«, entgegnete meine Mutter.

Ich würde also das Joch meiner Mutter gegen das meiner Schwiegermutter eintauschen.

»Sie werden im Rathaus von Vitry-sur-Seine heiraten«, sagte Geneviève Gerszterkorn.

Ich sah, daß sich zwischen ihren Zähnen ein Petersilienstengel festgesetzt hatte; sie indessen lächelte einfältig weiter.

»Ich ziehe das Rathaus im sechzehnten vor«, sagte meine Mutter.

Das sechzehnte Arrondissement war das reichste und feinste von ganz Paris.

»Wieso? Wohnen Sie im sechzehnten?«

»Nein, aber das ist kein Problem, es reicht, wenn unsere Kinder sich dort eine Wohnung suchen und …«

»Ich weigere mich, meinen Sohn in einem Rathaus der Rechten heiraten zu lassen!« rief Gilbert Gerszterkorn.

»Und dann würde der Bürgermeister von Vitry sie auch persönlich trauen«, fügte seine Gattin hinzu.

»Er ist mit meinem Vater befreundet, sie haben beide in der Kommunistischen Partei gekämpft«, setzte Théodore noch eins drauf.

Meine Mutter erbleichte.

»Gibt es da ein Problem?« wollte Théodore wissen.

»Es tut mir leid, aber ich weigere mich, von einem Kommunisten getraut zu werden«, murmelte ich.

Wenn er gewußt hätte, daß Jules, der Mann, den ich insgeheim liebte, eine pure Ausgeburt des Kapitalismus war!

»Was haben Sie den Kommunisten vorzuwerfen?«

»Oh, ich selbst, ich werfe ihnen nichts vor, ich interessiere mich nicht für Politik ...«

»Wenn man so heißt wie Sie, sollte man sich aber für Politik interessieren!« stieß Gilbert Gerszterkorn schroff hervor.

»Mein Vater war eingefleischter Antikommunist, und aus Respekt vor ihm ...«

»Hören Sie, Emma, in meinem Haus dulde ich keine antikommunistischen Parolen!«

»Das verstehe ich wirklich nicht! Arbeitet Ihre Frau nicht im Ritz, diesem Tempel des Luxus, mittendrin in diesem Symbol der sozialen Ungleichheit?«

»Arm oder reich – sind wir nicht alle gleich, was die Ausscheidungen des Körpers betrifft?« entgegnete Gilbert Gerszterkorn.

»Und dann arbeite ich ja für mich!« setzte Geneviève Gerszterkorn hinzu, die wahrscheinlich fürchtete, ihr Schweigen könnte als Verrat interpretiert werden.

»Jaja, wenn schon ausgebeutet, dann doch wenigstens von einem selbst!«

Meine Mutter stieß mich mit dem Ellenbogen an. Ich erinnerte mich an ihre Ermahnungen: keine Gespräche über Politik.

»Das Rathaus von Vitry wird sich großartig machen«, sagte meine Mutter fröhlich. »Und was beschließen wir für die religiöse Trauung?« fügte sie hinzu und meinte, damit die Atmosphäre zu entspannen.

»Was für eine religiöse Trauung?« fragte Gilbert Gerszterkorn und warf ihr einen finsteren Blick zu. »Es kommt überhaupt nicht in Frage, daß sich unser Sohn in der Synagoge trauen läßt.«

»Wie bitte?«

»Sie haben richtig verstanden. Mein Sohn wird seinen Fuß nie in eine Kultstätte setzen. Wir sind schon seit mehreren Generationen Atheisten, von den Vätern zu den Söhnen!«

»Sie sind doch hoffentlich von den Vätern zu den Söhnen auch richtige Juden?« fragte meine Mutter in besorgtem Ton.

»Meiner Zugehörigkeit zu den Juden bin ich mir weniger sicher als meines Atheismus!«

»Religion ist ein wesentliches Element im Leben eines Paares«, legte meine Mutter im Dozententon dar, »sie kann das innerliche Ferment einer Beziehung sein oder auch ein Scheidungsgrund.«

»Religion ist das Opium des Volkes«, brachte Théodore hervor.

»Religion macht die Menschen verrückt! Gott ist nur eine Erfindung der Menschen, mit der sie sich beruhigen wollen«, fügte Gilbert Gerszterkorn hinzu.

»Wenn der Atheismus Märtyrer braucht, soll er es sagen; mein Blut ist bereit!« erklärte Théodore.

Das war zuviel. Als sie diese blasphemischen Worte hörte, schrie meine Mutter, die zu Gott mehr hielt als zu sich selbst: »Nun reicht es aber!«

Ich jubilierte. Insgeheim hoffte ich, sie würde aufstehen und diese Stätte ohne ein Wort verlassen. Aber nein, sie senkte den Blick und setzte mit monotoner Stimme hinzu: »Gut, vergessen wir die Trauung in der Synagoge, begnügen wir uns mit dem Standesamt von Vitry-sur-Seine.«

Théodores Mutter hatte dazu geschwiegen, und ich merkte, daß sie, wie auch immer ihre politische Ausrichtung aussehen mochte, eine ihrem Manne gehorsame Ehefrau war.

»Trinken wir auf die Gesundheit unserer Kinder!« rief Gilbert Gerszterkorn aus und erhob sein Weinglas.

Ich wollte nicht auf Théodores Gesundheit trinken. Was meine anging, so würde ich ohnehin sterben. Die Wohnstube der Gerszterkorns schien mir dafür der ideale Ort zu sein;

vielleicht nicht gerade, um hier den Tod abzuwarten, zumindest aber, um ihn selbst herbeizuführen. Eine Sammlung alter Messer zierte die eine Wand; es hätte genügt, wenn ich das schärfste ergriffen, mir an den Hals gesetzt und die Kehle durchgeschnitten hätte, so wie meine Mutter es mit den Hühnchen tat; doch ehe ich aufstehen konnte, stellte Théodores Mutter ihr Glas brüsk auf den Tisch und fragte zögerlich: »Und die Mitgift?«

Meine Mutter setzte eine entrüstete Miene auf: »Was sagen Sie da?!«

»Welche Güter können Sie meinem Sohn für diese Heirat bieten?«

Meiner Mutter, die geglaubt hatte, daß die feministische Revolution ein für allemal Schluß gemacht hätte mit dem Mitgiftsystem, blieb beinahe die Luft weg. Ich erriet, daß ihr Blutdruck stieg, ich fürchtete einen neuerlichen Herzinfarkt, das Blut schoß ihr ins Gesicht. Noch bevor sie etwas antworten konnte, schrie ich: »Mitgift ist eine kapitalistische Erfindung!«

Gilbert Gerszterkorn schleuderte einen tödlichen Blick in Richtung seiner Frau. Weil sie solche mit seiner Ideologie ganz unvereinbare Forderungen gestellt hatte, riskierte sie, in das schlimmste aller Arbeitslager geschickt zu werden – in die Küche.

»Vergessen wir das«, sagte er. »Es war ein Mißverständnis.«

Aber der Wurm hatte bereits an der Frucht genagt. Meine Mutter erhob sich und gab mir ein Zeichen, ihr zu folgen.

»Ich werde meine Tochter nicht verramschen«, stieß sie hervor. Und sie erklärte, als wollte sie die Vorzüge eines Supermarktartikels anpreisen: »Sie ist schön, sie hat studiert, sie ist ein brillantes und gebildetes Mädel und ...«

»Genug, Mutter, laß uns gehen!«

»Aber Sie haben nicht einmal von meinem Abendessen gekostet!« beklagte sich Geneviève Gerszterkorn.

»Für heute abend sind wir satt!«

»Ich bitte Sie, bleiben Sie doch!«

Meine Mutter ging drei Meter in Richtung Ausgang. Théodore eilte ihr nach.

»*Die Heirat ist wie ein Pfropfreis, mal wächst es gut an, mal schlecht.*«

»Ich fürchte, es wächst nie an«, sagte ich mit Bestimmtheit.

Da fiel er vor mir auf die Knie und deklamierte:

Madame, zu Euren Füßen, im Schatten, liegt ein Mann,
Der Euch liebt, verloren in der Nacht, die ihn umfängt,
Und wie er leidet – armer Wurm, verliebt in einen Stern.

»Hugo, Ruy Blas«, murmelte Gilbert Gerszterkorn mit stolzgetränkter Stimme. »Das habe ich Théodore beigebracht, als er fünf war.«

Théodore deklamierte weiter:

Die Zukunft des Mannes ist die Frau
Sie ist die Farbe der Seele
Sie ist sein Rauschen und sein Lärm
Und ohne sie ist er nur Blasphemie
Nichts als ein Kern ohne die Frucht
Sein Mund bläst einen wilden Wind
Sein Leben gehört den Abgründen
Und seine eigne Hand zerstört ihn

Meine Mutter kniff die Augen zusammen, ihr Entschluß geriet ins Wanken, sie ging Théodores literarischen Betrügereien ins Netz. Ihre Züge entkrampften sich, sie lächelte, hörte auf, die Stirn zu runzeln – so konnten Worte Frieden stiften –, sie machte drei Schritte rückwärts und knickte in den Knien ein, als würde ihr Körper unwiderstehlich vom Sofa angezogen. In diesem Augenblick war mir klar, daß ich Théodore heiraten würde – nicht weil er mich bezauberte, sondern weil er meiner Mutter gefiel. Sie kokettierte mit ihm, lobte ihn für seine Redeformeln, wollte mehr davon hören. Ich aber streckte die Waffen und tröstete mich zugleich: ich würde einen Plagiator heiraten und zur Romanheldin werden. Zur blassen Kopie einer Romanheldin.

Madame Nina Blum,
Monsieur und Madame Gerszterkorn
freuen sich, Ihnen die Heirat ihrer Kinder

Emma und Théodore

mitteilen zu dürfen und laden Sie herzlich
zur Trauung ein,
die am Donnerstag, dem 31. Mai 2001, um 15 Uhr,
im Rathaus von Vitry-sur-Seine stattfindet.

Sprachlos

Am Morgen meiner Heirat mit Doktor Gerszterkorn verlor ich die Stimme. Schon beim Aufwachen hatte ich nicht die kleinste Silbe hervorbringen können. Meine Mutter hatte mir eine heiße Zitrone mit Honig bereitet, ich hatte Lutschtabletten genommen und verschiedene Medikamente: umsonst, ich bekam kein Wort heraus und konnte nicht einmal mehr flüstern. Meine Mutter half mir, in das herrliche Brautkleid zu schlüpfen, das sie mir geschneidert hatte, aber als ich mein Bild im Spiegel sah, konnte ich nicht anders, als den Mund weit aufzureißen: allein es entfuhr ihm kein Schrei. Es war mir, als hätte man mir das Leben eines anderen aufgepfropft, und mein Körper hätte es wieder abgestoßen. Meine Mutter konnte mir noch so viele Heilmittel verabreichen, ich wußte, daß ich früher oder später zu meiner ursprünglichen Existenz zurückkehren mußte, wenn sich die Weissagung von Madame Paloma nicht in kürzester Frist bewahrheiten sollte. Ich weigerte mich, mein Zimmer zu verlassen, und schrieb auf ein Blatt Papier: *Ich heirate nicht.* Dann reichte ich es meiner Mutter, die mir gerade die Haarnadeln feststeckte.

»Wie bitte?«

Ich tippte mit den Fingernägeln auf das Blatt, damit sie es noch einmal las.

»Du wirst ihn schön heiraten!«

Ich griff mir das Blatt und schrieb: *Nein.*

Und mit der Spitze einer Haarnadel zerriß ich den Schleier.

Sogleich entwand mir meine Mutter die Haarnadel und sperrte die Lippen auf. »Lieber will ich ersticken als vor Scham und Schande sterben!« rief sie aus und fuchtelte mit der Nadelspitze vor ihrem Kehlkopf herum.

Widerwillig rückte ich meinen Schleier wieder zurecht, zog meine Stöckelschuhe an und folgte meiner Mutter zum Rathaus. Paul war zu meiner Hochzeit nicht erschienen – seine Frau litt an einer Gebärmutterablösung und mußte die ganze Zeit im Bett liegen. Sie hatte verlangt, daß er bei ihr blieb. Auf der Fahrt zum Standesamt dachte ich immerzu an Jules, ich stellte mir vor, daß er es wäre, der mich dort erwartete, daß er mir den Ehering über den Finger streifen würde. Aber als ich das Rathaus betrat, empfing mich Théodore, der in einen Anzug aus schwarzer Seide gezwängt war. Die wenigen Gäste warteten schon am Schauplatz des Dramas: Geneviève Gerszterkorn trug einen bonbonrosa Strohhut, dessen Krempe so breit war, daß sie die ganze obere Hälfte ihres Gesichts verdeckte; ich konnte nur ihre Nasenspitze erkennen, die über den rosa bemalten Lippen herabhing, und ihren Hals, der in ein so enges Kollier geschnürt war, daß es aussah, als trüge sie ein Hundehalsband. Als sie den Kopf zur Seite drehte, schoben sich unter dem Schmuckstück Hautwülste hervor und ließen es beinahe bersten. Gilbert Gerszterkorn hatte sich einfach einen anthrazitgrauen Zweireiher angezogen und eine rote Krawatte umgebunden. Als Théodore über die Schwelle des Trauzimmers trat, konnte ich meine Tränen nicht zurückhalten: er hatte sich dieselbe Frisur zugelegt wie das Modell von Hirszenberg. Seine Haare trug er nach vorn gekämmt, damit ihm ein paar Strähnen über die Ohren fielen. Er hatte sich sogar Haare an den Augenbrauen ausgezupft und sie so zurechtgestutzt, daß ihr natürlicher Verlauf sichtbar wurde.

Als mich der Bürgermeister fragte, ob ich willens sei, Théodore Gerszterkorn zum Mann zu nehmen, blinkerte ich nervös mit den Augen; er verstand das als Einwilligung und erklärte, nunmehr seien wir durch das heilige Band der Ehe verbunden. Da ich der Sprache beraubt war, konnte ich dem nichts entgegensetzen. So wurde aus Emma Blum eine Emma

Gerszterkorn. Théodore küßte mich, ließ mir seine Zunge in den Mund gleiten, sein säuerlicher Speichel verätzte mir den Gaumen, ich preßte sofort die Lippen zusammen. Die Worte gelangten nicht nach draußen, waren in einem unsichtbaren Netz gefangen, während die Gedanken wie eine Flut kamen (O mein Gott, mach, daß dies alles nur ein Alptraum ist! Nein, nein, ich habe diesen Mann nicht geheiratet, ich liebe ihn nicht, von seinem Geruch wird mir übel, seine Haut zerkratzt mich, ich werde es nicht ertragen, daß er mich berührt). Doch zu meiner großen Erleichterung verweigerte Théodore am Abend unserer Hochzeit jeden körperlichen Kontakt. Als ich ihn mit belegter Stimme fragte, weshalb er mich mied, rief er: *»Mit dir unter dem Auge Gottes schlafen? Nein, von Gruppensex halte ich nichts.«*

Ich ahnte schon, daß dieser Satz nicht von ihm stammte, erwiderte aber nichts darauf; die Worte klemmten mir wieder in der Kehle fest. Ich stand auf, ging ins Badezimmer und drehte alle Wasserhähne auf. Ich zog mich aus, tastete meinen Körper ab, knetete ihn durch, bohrte die Finger in mein Fleisch, drückte so stark, als wollte ich ein sterbendes Kind mit einer Herzdruckmassage wieder ins Leben zurückrufen. Dann griff ich nach einer spitzen Schere und schnitt mir rasch und entschlossen die Haare ab. Ich stutzte sie ungeschickt, lange Strähnen fielen ins Waschbecken, wurden vom Strudel in den Abfluß gesogen oder breiteten sich wie Würmer auf dem Fußboden aus. Ich kürzte mir die Nägel. Ich brachte meinem Körper dieselbe Behandlung bei, die meine Mutter dem ihren ein ganzes Leben lang zugefügt hatte. Sie hatte ihn malträtiert, vernachlässigt, vergessen – die Verheerungen eines Ehelebens. Ich schaute mich im Spiegel an und mußte einen Freudenschrei unterdrücken: ohne meine langen Haare ähnelte ich meinem Bruder; jetzt, wo ich von meiner hinderlichen Weiblichkeit befreit war, würde meine Mutter mich vielleicht lieben. Und im stillen wiederholte ich immer wieder: Ich bin ein Mann, ich bin ein Mann. Als ich ins Schlafzimmer zurückkehrte, war Théodore schon eingeschlafen, sein ganzer Körper war von einem weißen Bettuch bedeckt. Ich fuhr mit der Hand über meinen Schädel – ich bin ein Mann –, versteckte meine Brüste unter einem schwarzen T-Shirt – ich bin ein Mann –, schlüpfte ins Bett und wälzte mich hin und her, um einschlafen zu können; dabei träumte ich insgeheim, meine Geburtsurkunde müßte einen neuen Wortlaut bekommen:

Am 6. April 1971 um 9.45 Uhr wurde Emmanuel Blum, männlichen Geschlechts, in Paris, zwölftes Arrondissement, geboren.

Wie eine Litanei sagte ich es immer wieder vor mich her: »Ich bin ein Mann.«

Das Doppelleben einer Frischvermählten

Als Théodore aufwachte und entdeckte, daß ich mir die Haare abgeschnitten hatte, stieß er einen gellenden Schrei aus. Dennoch hatte ich mich nicht in einen Mann verwandelt. Schlimmer: ich hatte mich verdoppelt. Künftig gab es zwei Frauen in mir: Emma Blum und Emma Gerszterkorn. Während die erste frei und unabhängig blieb, unterwarf sich die andere ihrem Ehemann und führte alle Handlungen des ehelichen Lebens mit unvergleichlichem Eifer aus. Emma Blum (mit einer blonden Perücke ausstaffiert) hatte Jules Carel wiedergetroffen und flirtete mit ihm in den Parkhäusern; in Hotelzimmern gab sie sich den Freuden des Ehebruchs hin, während Emma Gerszterkorn brav neben ihrem Mann im Ehebett lag. Emma Blum streunte durch die Straßen von Paris, nackt unter ihrem Regenmantel, den sie sich von den Geldgeschenken zur Hochzeit gekauft hatte. Sie tat alles, um Jules abzupassen, wenn die Börse schloß. Emma Gerszterkorn, um den Bauch eine fettige Schürze geschnürt, bereitete ihrem Gatten das Abendessen. Mein Leben war in zwei klar voneinander getrennte Blöcke aufgeteilt, ich verwandelte mich nach Belieben hin und zurück, Théodore merkte gar nichts, er war allzu beschäftigt mit dem Abtasten seiner Prostatiker. Nicht nur, daß mir diese Lage keine inneren Qualen bereitete – ich genoß sogar ihre Vorteile. Wenn Jules ein bemerkenswerter Liebhaber war, so war Théodore ein ganz passabler Ehemann. Sexuell verlangte er nichts. An Zuwendung beanspruchte er ein Minimum – nichts als ein paar von ihrem Gefühlsgehalt entleerte Worte. Finanziell übernahm er alles.

Eines Abends stellte er mir dennoch jene schreckliche Frage, auf die ich nie antwortete, nicht aus Schamhaftigkeit, sondern weil es auf diesem Gebiet zu große Schwankungen gab, als daß ich eine bestimmte und definitive Antwort hätte geben können. Er neigte sich zu mir hin und flüsterte: »Emma, liebst du mich?«

»Ich liebe dich nicht«, antwortete ich, »aber ich verspüre große Zuneigung zu dir.«

Er stieß mich von sich.

»Zuneigung ist ein fades Gefühl, es ist die Liebe der lauwarmen Leute.«

Hatte er sich diesen Satz selbst ausgedacht? Ich bezweifelte das. Kaum daß er eingeschlafen war, stand ich auf und ging auf Zehenspitzen an sein Nachtschränkchen. Ich öffnete die oberste Schublade und suchte den Schlüssel für eine kleine Truhe, die er vor dem Zubettgehen sorgfältig abgeschlossen hatte. Ich fand ihn unter einem Stapel Rezepten versteckt und schob ihn sacht ins Schlüsselloch. Die Truhe öffnete sich. Es war kein Schatz darin, nur ein Heft von ungefähr hundert Seiten, das mit einer feinen und fast unleserlichen Schrift vollgeschrieben war. Ich blätterte darin herum: dort fanden sich wie die Opfer eines Serienmörders alle Zitate, die Théodore gebrauchte, nach Themen geordnet und in alphabetischer Reihung. Er notierte immer das Zitat, seinen Autor und den betreffenden Text. Ich war fassungslos.

Ich war noch am Lesen, als Théodore plötzlich aus dem Schlaf schreckte: *»Und gäbe es einen, der so schändlich wäre / Mich zu verraten …«*

»Genug! Ich weiß alles!«

»Was weißt du?«

»Du zitierst, du plünderst, du stiehlst!«

»Na und?«

»Ich sage dir, daß ich alles entdeckt habe, und du findest nichts daran?«

»Ich tue ja nichts Böses.«

»Ach was! Du eignest dir die Worte der anderen an – und das, ohne jemals deine Quellen zu nennen!«

»Ich füge niemandem einen Schaden zu. Die meisten dieser Autoren sind längst tot.«

»Aber diese Worte gehören dir nicht!«

»Wörter gehören der Allgemeinheit!«

»Du plünderst kunstvoll zusammengesetzte Worte, Sätze, die von anderen konstruiert und gedacht worden sind!«

»Na und wennschon! Literatur sollte zu einer gemeinnützigen Sache erklärt werden; die Sozialversicherung würde einem dann die Kosten für einen Bücherkauf erstatten. Hat denn Lesen keine therapeutischen Wirkungen?«

»Wenn deine Patienten bloß wüßten, daß du noch viel kränker bist als sie!«

»Ich verbiete dir, so etwas zu sagen!« schrie Théodore. »Glaubst du, daß es leicht ist, Tag für Tag die Klagen von Dutzenden von Patienten zu ertragen? ›Das juckt‹, ›das brennt‹, ›ich muß jede Nacht hoch, um Pipi zu machen‹, ›ich habe Hämorrhoiden‹, ›ich habe wäßrigen Durchfall‹, ›der Unterleib tut mir weh‹, ›ich kriege keine Erektion mehr‹, ›ich verliere Blut‹, ›ich habe Verstopfung‹, ›ich habe ungeschützten Geschlechtsverkehr gehabt‹, ›Herr Doktor, ist das Herpes?‹, ›alles ist entzündet‹, ›ich habe Sodbrennen‹, ›alles wegen meiner Prostata‹. Es reicht! Sie sollen aufhören mit ihrem Gewimmer! Begreifst du denn nicht, daß mir die Literatur erlaubt, dieses Leben zu ertragen? Die Worte, die ich auswendig lerne, wirken wie Antidepressiva, ich schlucke sie, und hopp! gleich fühle ich mich besser.«

Ich stürzte mich auf ihn, packte ihn bei der Schlafanzugjacke und schüttelte ihn: »Sag mir irgend etwas, das nicht von einem anderen stammt!«

Er faßte mich bei den Handgelenken und sprach kein Wort. Ich versuchte, mich seinem Griff zu entwinden.

»Nun also? Sag endlich was!«

Théodore prüfte, ob sein Hosenschlitz geschlossen war, dann rieb er seine Hände gegeneinander.

»Wenn du nichts sagst, verlasse ich dich.«

Er schaute mich mit aufgerissenen Augen an und klappte auch den Mund weit auf. Seine Zunge hing heraus wie die eines streunenden Hundes. So stand er eine Weile da, ganz erstarrt und mit offenem Mund.

»Also was?« bohrte ich nach.

Aber Théodore konnte kein einziges Wort herausbringen.

Sprechen lernen

Der Literaturmißbrauch hatte Théodores geistiger Gesundheit schwer geschadet. An Nebenwirkungen stellte ich Impotenz fest, nervöse Ticks und vor allem die Unfähigkeit, selber zu denken. Da tat eine Rehabilitation not. Ich wollte Théodore beibringen, Sätze auszusprechen, die er selbst geschaffen hatte. Ich faßte eine Therapie ins Auge.

»Stell dir vor, du müßtest mir deine Liebe erklären.«

Théodore warf mir einen verzweifelten Blick zu. Er holte tief Luft und stieß dann hervor: »Du bist wundervoll.«

»Sehr gut, mach weiter.«

»Deine Augen sind ein Ozean …«

»Halt!« rief ich. »Zu gekünstelt. Noch mal von vorn.«

Théodore streckte die Brust heraus, atmete ein, aus, wieder ein und wieder aus und sprach dann drei Worte: »Du bist wundervoll.«

»Gut.«

Voll Wagemut setzte er hinzu: »Du bist schön.«

Ich saß unbeeindruckt da, während er weitermachte: »Du bist großartig.«

»Nein!« rief ich aus. »Na los, versuch's noch einmal!«

Meine Bemerkung schien ihn verstimmt zu haben. Sein Körper krümmte sich, als würden die Wörter, die sein Mund um den Preis so großer Leiden herausließ, ihn wie einen Bogen spannen.

»Dein Herz ist ein jungfräuliches Land …«

Und sogleich hielt er inne.

»Was gibt es denn?«

»Es ist so schwierig.«

»Ich weiß. Na los, streng dich noch mal an.«

Wie ein Unfallopfer mußte Théodore von neuem das Sprechen erlernen.

»Dein Herz ist ein jungfräuliches Land und dein Leib eine Insel …«

»Hör auf!« rief ich. »Sag den ganzen Satz noch mal von vorn.«

»Dein Herz ist ein jungfräuliches Land, auf das ich meinen Fuß setze, und ich komme voran wie …«

Ich schloß mißmutig die Augen.

»Es tut mir leid, ich kriege es nicht hin.«

»Auf, auf, nicht die Flinte ins Korn werfen!«

Théodore holte tief Luft, faßte mich bei den Schultern und sagte leise: *»Ich habe den Menschen vergessen, der ich einmal war. Alles hat sich verändert, seit ich dich liebe. Nicht daß die Welt sich verwandelt hätte, aber ich bin ein anderer geworden.«*

Einen Moment lang war ich unschlüssig. Dann erkannte ich die Worte von Julien Green wieder, die ich in Théodores Zitatenheft unter der Rubrik »Liebe« gelesen hatte.

»Du schummelst.«

Er ließ meine Schultern los.

»Ich bringe das nicht.«

Und nachdem er diese Worte ausgesprochen hatte, diese vier Worte, die seine Lippen unter Schmerzen geboren hatten, wandte er sich um und verließ das Zimmer.

Schaumhochzeit

Manche Ehen dauern dreißig Jahre, andere dreißig Tage; am 1. Juli 2001 lag meine Trauung genau einen Monat zurück, ich feierte meine Schaumhochzeit und reichte am nächsten Tag die Scheidung ein. Sie organisierten einen Schlichtungstermin, obwohl ich, ohne Théodore auch nur wiedergesehen zu haben, schon wußte, daß alles Gerede meine Meinung nicht ändern würde. Als ich im Büro des Scheidungsrichters anlangte, saß dort schon Théodore mit verkrampften Zügen und bleichem Teint. Er war in Schwarz gekommen, als trüge er Trauer. Seine Lider waren so angeschwollen, daß ich kaum die Pupillen erkennen konnte. Auch ich trug schwarze Sachen und auf dem Kopf einen kleinen Strohhut. Ich reichte dem Richter die Hand – er war ein Mann um die Fünfzig mit strengem Blick – und setzte mich dann zu Théodore. Ohne abzuwarten, deklamierte ich: »Ich möchte mich scheiden lassen.«

»Sachte, sachte! Bleiben wir mal ruhig!« sagte der Richter und klopfte mit dem Federhalter auf den Schreibtisch, als würde er sich an allzu lebhafte Kinder wenden. »Zunächst möchte ich die Gründe für Ihren Antrag erfahren.«

Am Vorabend hatte mir mein Bruder am Telefon eine gute Verteidigung ausgearbeitet und alle Punkte aufgezählt, die ich bei Gericht vorbringen sollte.

»Keine Einwilligung in die Ehe«, entgegnete ich.

»Wie bitte?«

»Am Tag meiner Hochzeit hatte ich die Stimme verloren, und so konnte ich meine Einwilligung in die Ehe nicht ausdrücken.«

»Wollen Sie damit sagen, daß Sie Ihrem Partner nicht das Jawort gegeben haben?«

»Genauso ist es.«

»Haben Sie denn ein Zeichen gegeben, mit dem Sie Ihren Heiratswunsch bekräftigten?«

»Nein, keinerlei Zeichen, und überhaupt bin ich nur ins Rathaus gegangen, weil mich meine Mutter dazu gezwungen hat.«

»Inwiefern hat sie Druck auf Sie ausgeübt?«

»Erpressung, Psychoterror, Selbstmorddrohungen.«

»Ohne Jawort ist die Ehe null und nichtig«, sagte der Richter.

Ich stand von meinem Stuhl auf. »Außerdem hat Monsieur Gerszterkorn manche seiner Störungen, die mir den Alltag unerträglich machen, vor der Ehe verschleiert.«

»Welche denn?« fragte der Richter in dem Augenblick, wo Théodore wieder einmal prüfte, ob sein Hosenschlitz geschlossen war.

»Monsieur Gerszterkorn leidet an Zwangsstörungen. Und Manien hat er auch.«

»*Eine Manie ist ein Idee gewordenes Vergnügen*«, rief Théodore.

»Dieser Mann ist ein Betrüger, ein Delinquent!« schrie ich.

»Aber ich bitte Sie, Madame«, entgegnete der Richter, »diffamieren Sie Monsieur Gerszterkorn nicht!«

»Er hat gerade Balzac zitiert, ohne daß Sie es gemerkt haben, und er wird völlig ungestraft noch weitere Delikte verüben!«

»Wovon sprechen Sie?«

»Er ist ein literarischer Delinquent, er stiehlt die Worte der anderen!«

»Hier befinden wir uns auf dem Gebiet des literarischen Urheberrechts«, meinte der Richter, »ich fürchte, das fällt nicht mehr in mein Ressort.«

»Letzter Klagepunkt: die Ehe ist nicht vollzogen worden.«

»Aber das ist unmöglich!« rief der Richter aus.

»Pah«, fauchte Théodore, »*der Liebesakt ist ein Akt ohne Bedeutung, da man ihn unendlich fortsetzen kann.*«

»Man muß ihn aber wenigstens einmal ausgeführt haben«, sagte der Richter.

Sogleich brüllte Théodore wie ein Irrer los: *»Beginnen Sie eine Ehe niemals mit einer Vergewaltigung!«*

Der Richter warf mir einen mitleidvollen Blick zu. Théodore schrie immer noch: »Sie liebt einen anderen!«

»Haben Sie einen Liebhaber?« fragte der Richter und wandte sich mir zu.

»Ehebruch wird vom Gesetz nicht mehr geahndet«, gab ich zu bedenken.

In diesem Moment brachte ich zu meiner eigenen Überraschung ein Zitat von Feydeau an, das ich in Théodores Heftchen gelesen hatte: *»Ist die freie Verbindung zweier Liebender nicht moralischer als die rechtmäßige Verbindung zweier liebloser Wesen?«*

Als Théodore diese Worte, die er als seinen Besitz betrachtete, vernahm, erhob er sich und schrie mit verdrehten Augen: *»Seinen Ehemann zu lieben ist, wie einen Lieferanten zu bezahlen. Aber seinen Liebhaber zu lieben ist, als gäbe man den Armen!«*

»Ich werde nicht zulassen, daß du mein Leben zerstörst!«

»Aber Emma, *jedes Leben ist ein Abrißunternehmen.*«

»Ich halte das nicht mehr aus«, seufzte ich.

Doch die Maschine war schon in Gang gesetzt, Théodore konnte nicht mehr anhalten: *»Ein Liebhaber hat es leichter als ein Ehemann, weil es schwieriger ist, alle Tage Esprit zu haben, als von Zeit zu Zeit nette Dinge zu sagen.«*

»Erbarmen! Sagen Sie ihm, er soll schweigen!«

»Beim gegenwärtigen Zustand Ihrer Ehe, vorausgesetzt, Sie möchten keine weitere Anstrengung unternehmen ...«

»Gütliche Einigung ausgeschlossen«, sagte ich.

»In diesem Fall fürchte ich, daß ich zur Annullierung der Ehe schreiten muß.«

Als Théodore diese Worte hörte, fing er an zu schluchzen. Der Richter trat auf ihn zu und legte ihm die Hand auf die Schulter.

»Beruhigen Sie sich doch!«

Théodore schüttelte die Hand ab. *»Rühren Sie mich nicht an. Ich bin voller Tränen.«*

Ich ging zu ihm hinüber und drückte ihm die Hand: »Ich bitte dich, Théodore, laß uns im Guten auseinandergehen.«

Er hob den Kopf und murmelte zwischen zwei Schluchzern: *»Es ist unendlich selten, daß man sich im guten trennt, denn wenn man im guten miteinander umgeht, würde man sich nicht trennen.«*

Ich verließ das Büro des Richters, ohne Théodore noch einmal anzublicken. Vor der Tür erwartete mich meine Mutter.

»Alles vorbei«, sagte ich schroff. »Bitte schön, nun hast du gewonnen, du hast mich zum Heiraten gezwungen, ich habe das gemeinsame Leben dreißig Tage lang ertragen, jetzt bin ich wieder allein, und Théodore ist ein gebrochener Mann.«

Sie atmete geräuschvoll aus.

»Ich muß dir gestehen, daß ich deinen Mann nie gemocht habe. Sobald ich ihn gesehen hatte, wußte ich, daß er nicht normal war.«

»Aber warum hast du mich dann dazu gedrängt, ihn zu heiraten?«

»Eine junge geschiedene Frau ist mir immer noch lieber als ein altes Mädchen!«

Das weibliche Universum meiner Mutter war nach einem Kastensystem gegliedert. Am Fuße der sozialen Stufenleiter befanden sich die alten Jungfern und die Ehebrecherinnen – sie waren die Unberührbaren –, zwei Stufen höher waren die Geschiedenen eingeordnet (geschiedene Frauen mit Kindern bekamen einen Bonuspunkt, denn sie hatten ihre Zeugungsmission erfüllt). Über ihnen regierten die Witwen, welche in zwei Kategorien eingeteilt wurden: die keuschen Witwen und die unwürdigen, die ihrer Sexualität noch nicht entsagt hatten. Zwischen die alten Jungfern und die kinderlosen Geschiedenen hatte meine Mutter noch die unverheirateten Mütter eingefügt, jene Frauen, die das Verbrechen begangen hatten, ohne ehelichen Segen ein Kind zu empfangen. Auch diese Kategorie war in zwei Gruppen unterteilt: Mütter mit Kindern, die den Namen des Vaters trugen, und solche, deren Kind einen unbekannten Vater hatte. Auf der obersten Stufe ihres Systems hatte sich meine Mutter selbst zur Ikone erhoben: als treue Gattin und später ehrenwerte Witwe zählte sie zum geschlossenen Zirkel der heiligen Frauen. War dies der Grund, weshalb sie auch noch die kleinste ihrer Handlungen reinigen mußte? Ich wagte nicht, sie zu berühren, fürchtete ich doch, ich könnte sie besudeln.

Plötzlich tauchte Théodore hinter uns auf; Tränen tropften ihm aus den Augen. Er rief: *»Niemals werde ich auf Erden mein Glück finden, ich bin einfach zu blöd.«*

Kein anderer Satz, und wäre er auch seiner eigenen Phantasie entsprungen, hätte es besser treffen können.

Zwischenzeitlich

In Scheidung liegen – Die Tage und Wochen, welche dem Schlichtungsversuch im Büro des Familienrichters folgten, waren ganz dem Nichtstun gewidmet. Dies war eine ziemlich schlecht bezahlte Ganztagsbeschäftigung – der Staat bewilligte mir ein Mindesteinkommen von 2660 Francs monatlich, um mich so noch tiefer in die Einsamkeit zu stoßen. Stundenlang lag ich auf meinem Bett herum, las die unzähligen Briefe, die Théodore mir schickte – Briefe, die er der amourösen Korrespondenz berühmter Autoren entnahm und mit seinem eigenen Namen unterschrieb –, und hörte mir die (von Börsenanweisungen unterbrochenen) Nachrichten an, die Jules auf den Anrufbeantworter sprach. Ich wartete ungeduldig darauf, daß meine Haare nachwuchsen, und lebte auch in der Erwartung, daß Madame Palomas Prophezeiung sich erfüllte; ich hatte bei meinem Arbeitgeber sogar die Kündigung eingereicht. Ich wohnte allein in meinem Appartement, Théodore hatte all seine Sachen mitgenommen; meine Mutter war für einige Monate zu ihrer Schwester nach Südfrankreich gefahren. So lebte ich dahin, abgeschieden von der Welt, bis meine Mutter eilig zurückkehren mußte: ein neues Vorkommnis in der Familie wirbelte unser Leben durcheinander. – *Geschieden.*

Mr and Mrs Blum
Are glad to announce the birth of their daughter Lou
on Tuesday, December 25th 2001, New York.

Monsieur und Madame Blum
freuen sich, Ihnen mitteilen zu dürfen, daß
ihre Tochter Lou
am Dienstag, dem 25. Dezember 2001,
in New York das Licht der Welt erblickt hat.

Ein Mädchen!

Als die Tochter meines Bruders geboren wurde, kam aus dem Mund meiner Mutter nicht der kleinste Glückwunsch, und auf ihren Lippen zeichnete sich kein Lächeln ab. Sie fragte nicht einmal nach dem Vornamen des Kindes.

»O mein Gott, ein Mädchen!« rief sie mißmutig aus.

»Ist das denn so wichtig? Bist du nicht froh, daß das Baby gesund ist?«

Meine Mutter schlug die Augen nieder. »Doch, natürlich, aber er hätte ja auch einen gesunden Jungen kriegen können.«

»Aber weshalb soll es eigentlich besser sein, wenn man einen Jungen bekommt? Ich begreife das nicht!«

Meine Mutter räusperte sich: »Wie schon dein geschiedener Mann sehr richtig sagte: *Ein Sohn ist ein Gläubiger, den einem die Natur geschenkt hat.*«

»Da hat Théodore nur Stendhal zitiert.«

»Na und, das ist auf jeden Fall der wahrste Ausspruch, den ich je gehört habe!«

Töchter waren und blieben Schuldnerinnen. Ewig in den roten Zahlen, bei anderen in der Kreide, abhängig und dem Konkurs geweiht.

Ich hätte es mir denken sollen, daß meine Mutter es so einrichten würde, nicht nach New York fliegen zu müssen. Die Geburt einer Tochter zu feiern hätte bedeutet, sich an einem Fehlschlag zu erfreuen. Dennoch deutete nichts an ihrem Verhalten auf das Drama, welches sich an Bord der Boeing 747 der American Airlines abspielen sollte. Wir hatten es uns im Flugzeug bequem gemacht; meine Mutter hatte sich die Kopfhörer aufgesetzt, welche die Fluggesellschaft an die Passagiere verteilte, die einen Film sehen wollten, und nun begann sie, ein grünes Formular für die amerikanische Einwanderungsbehörde auszufüllen. Plötzlich aber stieß sie einen gellenden Schrei aus, der mir das linke Trommelfell zerfetzte. Auch andere Passagiere begannen zu schreien, weil sie einen terroristischen Anschlag befürchteten; bald schon überdeckte das Geschrei alle anderen Geräusche; man hörte nur noch ein Heulen, das so lange anhielt, bis endlich eine Stewardeß einschritt. Sie war eine schöne und großgewachsene Frau, deren Gesicht eine dicke Schicht Make-up bedeckte. Sie wollte herausfinden, woher der Schrei gekommen war; ein Fluggast zeigte auf meine Mutter. Die Befragung begann.

»Was geht hier vor, Madame?«

»Ich werde diesen Fragebogen nicht ausfüllen«, sagte meine Mutter barsch.

»Wenn Sie ihn nicht ausfüllen, kommen Sie nicht durch den Zoll.«

»Das werden wir ja sehen!«

»Also bitte«, flüsterte ich ihr ins Ohr, »was ist in dich gefahren?«

»Ich will den Flugkapitän sehen!« rief meine Mutter aus.

»Beruhigen Sie sich doch, Madame!«

»Wie soll ich mich da beruhigen? Man fragt mich – ausgerechnet mich! –, ob ich in Spionage, Sabotage, Völkermord und terroristische Aktivitäten verwickelt bin oder ob ich mich zwischen 1933 und 1945 an Verfolgungen beteiligt habe, die von Nazideutschland ausgingen! Mich fragen sie so etwas, mich!«

»Alle Fluggäste füllen diesen Fragebogen aus ...«

»Kann ja sein, aber ich werde ihn jedenfalls nicht ausfüllen! Die amerikanische Verwaltung ist voll von Verrückten!«

»Ich bitte Sie, Amerika nicht zu beleidigen!« schrie ein Passagier.

»Ich sage, was ich denke! Wir leben ja schließlich in einer Demokratie, oder?«

»Wir fliegen mitten über dem Atlantik! Gott allein weiß, über welcher Staatsform wir uns gerade befinden.«

»Was hat Gott damit zu schaffen? Ich sage Ihnen, daß die Amerikaner den Verstand verloren haben!«

»Gott segne Amerika!« sagte die Stewardeß.

»Aber er verfluche die Trottel, die sich diesen Fragebogen ausgedacht haben!« fügte meine Mutter hinzu.

»Beruhigen Sie sich, Madame! Sie kreuzen bei allen Fragen einfach die Nein-Kästchen an, und das ist es schon.«

»Wenn es so ist, wozu braucht man dann solche Fragebögen?«

Die Stewardeß und der Passagier starrten sie fassungslos an. Meine Mutter räusperte sich und sprach: »Glauben Sie, daß jemand so blöd wäre, freiwillig ...« Sie rückte ihre Brille zurecht und begann das Dokument mit lauter Stimme vorzulesen: »... freiwillig zuzugeben, daß er an einer ansteckenden Krankheit, an körperlichen oder geistigen Störungen leidet, daß er Betäubungsmittel nimmt und drogensüchtig ist? Glauben Sie, daß er die folgenden Fragen mit Ja beantwortet: ›Sind Sie aufgrund einer Straftat oder eines Verbrechens, welches von der öffentlichen Moral verurteilt wird, verhaftet oder bestraft worden, oder haben Sie auf dem Gebiet der verbotenen Substanzen die Gesetze übertreten? Sind Sie festgenommen oder zu einer Haftstrafe von mindestens fünf Jahren verurteilt worden, weil Sie zwei oder mehr Straftaten verübt haben? Sind Sie in den Handel mit verbotenen Substanzen verwickelt?‹ Glauben Sie im Ernst, ein Passagier würde zugeben, daß er in die Vereinigten Staaten möchte, weil er ›die Absicht hat, sich kriminellen oder unmoralischen Betätigungen zu widmen‹?«

Die Stewardeß senkte den Blick.

»Soll ich weiterlesen?« fragte meine Mutter.

»Danke, es reicht«, murmelte der Passagier.

»Hör doch auf, hier eine Show abzuziehen!« sagte ich zu meiner Mutter und bohrte meine Finger in ihre Haut. Aber sie stieß mich zurück und erhob sich mit einem Ruck von ihrem Sitz: »Hören Sie sich das an! ›ACHTUNG: Wenn Sie auf eine oder mehrere Fragen mit Ja geantwortet haben, setzen Sie sich bitte VOR Antritt Ihrer Reise mit der Botschaft der Vereinigten Staaten in Verbindung. Es ist möglich, daß Ihnen die Einreise in die Vereinigten Staaten verweigert wird.‹« Und zur Stewardeß gewandt, fügte sie hinzu: »Wie kann ich mich vor meiner Reise mit der Botschaft in Verbindung setzen, wenn mir dieser Fragebogen erst im Flugzeug ausgehändigt wird? Na? Sagen Sie mir das mal!«

Sogleich entfernte sich die Stewardeß, und der Passagier setzte sich wieder hin.

»Du hast wohl den Verstand verloren!« rief ich.

»Ich glaube eher, daß ich die einzige bin, die sich noch ein Quentchen gesunden Menschenverstand bewahrt hat!«

Sie kreuzte alle Kästchen an bis auf das eine, bei dem es um die Naziverfolgungen ging. Es kam, wie es kommen mußte. Als sie sich am Schalter der Einwanderungsbehörde einfand, machte eine Angestellte – eine Schwarze von vielleicht vierzig Jahren, die in einer hautengen roten Bluse steckte und eine »Mit-der-Ordnung-macht-man-keine-Scherze«-Miene aufgesetzt hatte – sie auf das fehlende Kreuz aufmerksam. Meine Mutter weigerte sich, es nachzutragen. Man alarmierte den Einwanderungsdienst. Zwei uniformierte Männer baten uns, ihnen zur Vernehmung in ein finsteres Zimmer zu folgen. Der eine Mann war jung und braunhaarig, er hatte einen matten Teint und grobe Gesichtszüge; seine wulstigen Lippen öffneten und schlossen sich wie die eines Fisches, und die Lider waren ihm so angeschwollen, daß sie wie Wasserblasen aussahen. Der andere war um die Vierzig und machte einen farblosen Eindruck: seine Haare waren von einem verwaschenen Gelblichrosa, und er sah so banal aus, daß man ihn unweigerlich von einer Minute auf die andere vergessen mußte.

»Ich werde nichts sagen, ehe Sie nicht meinen Sohn angerufen haben!« stieß meine Mutter, die der Anblick einer Uniform nicht erschreckte, hervor.

Die Männer baten mich, ihre Worte ins Englische zu übersetzen, was ich auch unverzüglich tat. Nachdem sie mich lange ausgefragt hatten, erlaubten sie ihr, mit Paul Kontakt aufzunehmen.

Meine Mutter verschwand im Nebenraum. Eine Dreiviertelstunde später war Paul da. Er trug einen schwarzen Anzug und einen langen grauen Kaschmirmantel. Als er das in Halbdunkel getauchte Zimmer betrat, begann meine Mutter nervös zu blinkern, als würde ein überstarkes Licht sie blenden. Paul küßte uns flüchtig auf die Wange und stellte ein paar Fragen. Der Zöllner schilderte ihm die Tatsachen, was mehr als fünf Minuten dauerte. Meine Mutter wurde ungeduldig und ließ ihre Schuhsohlen auf den Boden klackern.

»Was sagen diese Leute?« fragte sie Paul.

»Warte bitte einen Moment«, antwortete er und signalisierte ihr mit der Hand, daß sie still sein sollte. Er redete mit dem Zollbeamten und wandte sich dann wieder ihr zu: »Sie wollen wissen, weshalb du auf die eine Frage nicht geantwortet hast.«

»Sag ihnen, daß die Familie deines Vaters von den Nazis ausgelöscht worden ist!«

»Aber Mutter, das ist doch lächerlich, das sind doch alles vorgedruckte Verwaltungsformulare, du unterschreibst einfach, und wir können gehen.«

»Ich werde nicht nur nichts unterschreiben, ich verlange auch, daß man sich bei mir entschuldigt!«

Mein Bruder versuchte den Zöllnern zu erklären, weshalb meine Mutter die Unterschrift verweigerte.

»Und was ist nun?« fragte sie ihn.

»Du kreuzt Nein an, und sie lassen dich gehen.«

»Nein, ich kreuze gar nichts an!«

»In diesem Fall schicken sie dich nach Frankreich zurück.«

»Na bitteschön, sollen sie doch!«

Mein Bruder wandte sich an den Zollbeamten und dann noch einmal an meine Mutter. »Ich gehe jetzt«, sagte er definitiv. Und zu mir gewandt fügte er hinzu: »Emma, kommst du gleich mit?«

»Wie bitte?« rief meine Mutter aus. »Ihr laßt mich allein?«

»Du kannst nicht in die Vereinigten Staaten einreisen, wenn du diesen Fragebogen nicht ausfüllst.«

In diesem Augenblick war ich überzeugt, daß sie das Dokument ergreifen und ihre Unterschrift daruntersetzen würde; aber nein, sie zog ein beleidigtes Gesicht und beharrte auf ihrem Standpunkt.

»Na schön, laß uns gehen!« rief Paul und legte mir den Arm um die Schultern.

Sie tat nichts, um uns aufzuhalten. Und während ich mich zum Ausgang begab, hörte ich sie brüllen, hörte ich ihre dröhnende Stimme: »Du bist ja nicht einmal imstande, deine Mutter zu verteidigen!«

Sie wurde mit dem nächsten Flugzeug nach Frankreich zurückgeschickt – allein. Ich fand, daß sie ihre Entscheidung selber ausbaden sollte. Ich hatte den Verdacht, daß sie sich unbewußt dagegen sperrte, ihre Enkeltochter sehen zu müssen. Gegen das schlechte Funktionieren der französischen Verwaltung hatte sie sich niemals aufgelehnt – um bestimmte Papiere zu bekommen, wartete sie manchmal stundenlang, ohne sich im mindesten zu beklagen. Warum sollte sie sich gegen die amerikanischen Behörden derart ins Zeug legen, wenn nicht in der uneingestandenen Absicht, an der Grenze abgewiesen zu werden? Mein Bruder sprach auf dem Rückweg kein Wort. Um mit diesem Zwischenfall klarzukommen, würde er seine Psychoanalyse noch einmal um fünfzehn Jahre verlängern müssen.

Ich richtete mich in seinem 230-Quadratmeter-Loft mitten in der TriBeCa ein. Die Wohnung war so sparsam möbliert, daß sie mehrere Dutzend Personen aufnehmen konnte, und dennoch war sie zu klein für meinen Bruder und seine Frau, die ihr Zusammenleben schwer ertrugen. Pauls Frau begrüßte mich mit vorgetäuschter Herzlichkeit; sie hätte es wahrscheinlich lieber gesehen, wenn ich in ein Hotel gegangen wäre, aber mein Bruder hatte ihr meine Gegenwart aufgezwungen, und sie wollte keine neuen Konflikte schüren, nachdem sich die Ehe um das Kind wieder mühsam zusammengeschweißt hatte. Noch am Abend meiner Ankunft richteten sie eine große Feier anläßlich der Geburt ihrer Tochter aus. Das Mädchen hieß Lou wie die Mutter von Julia, was natürlich einen Skandal ausgelöst hatte, der mit der Watergate-Affäre vergleichbar war. Als ich den prächtigen Saal in der Madison Avenue betrat, den sie für ihr Fest gemietet hatten, konnte ich einen Schrei der Verblüffung nicht zurückhalten. Mein Bruder und seine Frau mußten für diese Feier Tausende von Dollar bezahlt haben. Wäre meine Mutter dagewesen, hätte sie sicher schimpfend den Saal verlassen: »Welche Ausgaben für ein Mädchen! So eine unnütze Verschwendung!« Denn Mädchen können den heiligen Bund nicht besiegeln. Sie sind nicht in ihrem Fleisch gezeichnet, sondern an ihrer Seele.

Die Gäste aßen und tranken auf die Gesundheit des Kindes – eines Mädchens! –, trugen es tanzend herum und freuten sich; ich glaubte zu träumen, jawohl, die Frauen übernahmen die Macht, auch ich tanzte, als plötzlich eine meiner Tanten auf mich zukam und mir in einem Ton, in dem sich all ihre Ängste kristallisierten, zuflüsterte: »Du bist dreißig Jahre, Emma, du mußt jetzt auch mal daran denken zu heiraten und Kinder zu bekommen!« Ich ging an meinen Platz zurück und rührte mich den ganzen Abend nicht mehr vom Fleck. Selbst aus der Ferne ließ mir meine Mutter keine Ruhe, sie redete durch anderer Leute Mund und reichte ihr mündliches Gesetz weiter: HEIRATEN SOLLST DU UND KINDER EMPFANGEN! Diese Botschaft schien etwas Allgültiges, Göttliches und Geheiligtes zu haben. Die Münder der Frauen um mich herum brachten alle dieselben Worte hervor. Meine Lippen indes blieben verschlossen.

Die Verwandlung der Nina Blum

Alle Mütter wollen das Glück ihrer Kinder, unter der Bedingung freilich, selbst daran teilhaben zu können. Daher hatte mein Bruder einen Akt der Majestätsbeleidigung begangen: in Abwesenheit der Königinmutter hatte er die Geburt einer Prinzessin gefeiert. Er hatte nicht vorausgesehen, daß sie sich rächen würde, aber gerade Mütter vollstrecken das alte Gesetz der Vergeltung. Am Abend des Festes, um Mitternacht, verkündete uns eine kalte Männerstimme am Telefon, Nina Blum habe soeben einen Herzinfarkt erlitten, und wir sollten so schnell wie möglich nach Frankreich zurückkommen. Ich buchte zwei Plätze für den nächsten Flug nach Paris, doch als Pauls Frau davon erfuhr, wurde sie hysterisch und stellte ihm ein Ultimatum: »Wenn du nach Paris fliegst, reiche ich die Scheidung ein.« Sie dachte – und dieser Gedanke verwandelte sich rasch in eine Zwangsvorstellung –, daß Paul ein Verhältnis mit einer Französin hätte. So fürchtete sie seine Reisen. Sie ahnte nicht, daß die Geliebte ihres Mannes im selben Büro wie er arbeitete und daß es in Paris keine Frau gab. Aber vielleicht hatte sie ja doch recht, und in Paris wartete eine Frau auf ihn, eine Mätresse, die gefährlicher war als alle übrigen, eine, gegen die Julia machtlos war – unsere Mutter.

So reisten wir ab. Bei unserer Ankunft in Paris erfuhren wir, daß meine Mutter keinen Herzinfarkt gehabt, sondern sich einfach nur unpäßlich gefühlt hatte. Sie erwartete uns in ihrer Wohnung und nicht etwa, wie wir geglaubt hatten, im Krankenhaus. Dennoch machten wir ihr keine Vorwürfe: Worte heizen bloß Konflikte an. Konflikte aber lassen den Blutdruck in die Höhe schnellen. Das Hochschnellen des Blutdrucks löst Herzinfarkte aus, und Herzinfarkte gehen dem sicheren und endgültigen Tod voraus.

Nicht ihre Lügen brachten uns aus der Fassung – gelogen hatte sie ein Leben lang –, sondern ihre seltsame Metamorphose. Die Frau, die uns in ihrer Wohnung empfing, hatte nur entfernte Ähnlichkeit mit der Mutter, wie ich sie gekannt hatte. Sie trug meine blonde Bubikopfperücke mit den nach rechts gekämmten Fransen, jene Perücke, die ich auf meine Wunschliste für die Hochzeit gesetzt hatte und mit der ich ausstaffiert gewesen war, wenn ich mich in meinen Ehetagen mit Jules getroffen hatte. Meine Mutter hatte ihre geblümten Kleider und ihre Küchenschürze gegen ein naturfarbenes Kostüm eingetauscht, das sie nach einem Jackie-Kennedy-Foto geschneidert hatte. Ihre Füße steckten in marineblauen Stöckelschuhen mit Pfennigabsätzen. Gesicht und Lippen hatte sie sich geschminkt. In ihre neue Haartracht hatte sie sogar ein kleines weißes Seidenband geflochten, auf das eine Blume gesteckt war. Wir machten keine Bemerkungen über diese plötzliche Verwandlung, waren wir doch allzusehr mit unseren eigenen Sorgen beschäftigt. Und noch ehe sie ein Wort sagen konnte, stritten wir uns um ihre Aufmerksamkeit wie zwei wütende Hunde um einen Knochen. Unsere Sätze, die sich miteinander verketteten, wurden zu einer einzigen unendlichen Klage: »Ach, bin ich erschöpft, und dabei habe ich den ganzen Flug über geschlafen! Und ich bin so übermüdet! Sie haben mindestens eine Stunde lang unsere Koffer durchwühlt, sie haben sogar meine Flasche Chanel N° 19 zerbrochen; ich schwöre dir, so ein Hin- und Hergefliege habe ich zum letzten Mal mitgemacht! Julia ist jetzt total durchgedreht! Sie hat sich in den Kopf gesetzt, ich hätte in Paris eine Geliebte! Warum sollte ich mir eine suchen, die Tausende von Kilometern weit weg ist, wo es in New York vor tollen ledigen Frauen nur so wimmelt! Papas Schwester war auch da und hat mir die ganze Zeit Vorwürfe gemacht; ich hasse diese Familienfeiern! Wie schade, daß du Pauls Tochter nicht gesehen hast! Weißt du, daß sie Julias Mutter wie aus dem Gesicht geschnitten ist? Hör auf, von meiner Frau zu reden, ich frage mich, wie ich eine Amerikanerin heiraten konnte, sie ist so was von kompliziert! Ich glaube, daß ich nicht mehr allein leben könnte, aber wo gibt es heute noch Männer, die nicht irgendwelche Geschichten am Hals haben? In Paris läßt sich jedes zweite Ehepaar scheiden, also sollte man keine Zeit verlieren mit dem Heiraten. Habe ich dir schon erzählt, daß man mir die Akte Bramson anvertraut hat, eine der größten Scheidungsaffären im ganzen Staat New York? Meine Verdauungsstörungen haben sich verschlimmert, ich werde wohl zur Magenspiegelung müssen. Nachts kann ich nicht mehr schlafen, ich weiß nicht, was ich dagegen noch tun soll, guck doch, wie ich aussehe! Seit ich mir die Haare abgeschnitten habe, verkühle ich mir ständig den Nacken. Diese Arbeit frißt mich auf. Weißt du, daß ich um 8 Uhr morgens ins Büro gehe und vor 22 Uhr nicht nach Hause komme? Und vom Wochenende gar nicht erst zu reden, da muß ich meine Akten mit nach Hause nehmen. Und Julia regt sich dann auf, es ist nicht mehr auszuhalten mit ihr. Mit meinen Manuskripten ist es genauso, ich lese die ganze Zeit, mein Augenlicht ist schlechter geworden, ich werde immer weitsichtiger, und dann bezahlen sie mir wirklich viel zuwenig für die Arbeit, die ich mache. Hundertzwanzig Dollar die Stunde, wo die meisten New Yorker Anwälte zweihundert Dollar verlangen! Im Flugzeug konnte ich nichts runterkriegen; das Essen, das die Stewardessen uns serviert haben, war absolut widerlich. Ich kann dir sagen, beim Fest für deine Tochter habe ich das Buffet nicht angerührt, mein Magen war wie zugeschnürt. Na schön, was essen wir jetzt?«

Meine Mutter ließ den Blick von meinem Bruder auf mich gleiten. Dann schrie sie plötzlich: »Es reicht!« Sie kam mühsam zu uns hinüber – es war, als ginge sie über Kieselsteine – und setzte sich auf einen Sessel neben der Couch.

»Ich habe euch nicht herkommen lassen, um mir eure Klagen anzuhören, sondern weil ich euch etwas mitzuteilen habe.«

Der feierliche Ton, in dem sie das sprach, ließ uns das Schlimmste befürchten. Sie redete weiter: »Also, ich ertrage die Einsamkeit nicht mehr, ich werde alt, und obwohl ich sehr an Frankreich hänge, ist jetzt wohl die Zeit zum Weggehen gekommen.«

Mein Bruder wurde totenbleich. Sie wollte sich also bei seiner Frau und ihm häuslich einrichten, in der Nähe ihres Sohnes alt werden. Einst hatte sie ja selbst fünfzehn Jahre lang mit ihrer Schwiegermutter zusammengelebt.

»Ich verstehe mich mit Julia nicht mehr«, sagte er mit flehentlicher Stimme, »es kann passieren, daß wir uns scheiden lassen.«

»Oh, damit habe ich mich schon abgefunden!«

»Willst du Emma hier allein lassen?« fragte er besorgt.

»Sie kommt sehr gut ohne mich zurecht.«

Ich bekräftigte das mit einem Nicken.

»Und deine Freundinnen?«

»Welche Freundinnen? Ich habe ja nur Suzanne, und die geht auch weg; sie zieht zu ihrer Tochter nach Sydney. Und dann ertrage ich auch das Pariser Klima nicht mehr.«

»Aber du weißt, daß das Klima in New York noch rauher ist ...«

Sie zuckte die Schultern und versenkte ihre Hand in der Perücke. »Ich habe auch nicht die Absicht, nach New York zu ziehen.«

»Du willst also nicht bei mir wohnen?« rief Paul mit einem Seufzer der Erleichterung.

»Bei dir? Du bist wohl verrückt geworden? Das Sprichwort sagt: *Mutter und Schwiegertochter im selben Haus sind wie zwei Katzen in einem Sack*. Lieber gehe ich in ein Pflegeheim, als bei deiner Frau zu leben!«

»Aber wohin willst du dann?«

»Ich fahre für ein paar Tage nach Avignon, und dann nehme ich das Flugzeug nach Miami.«

»Dort kennst du ja niemanden.«

»Ich fliege mit einem Mann, den ich liebe.«

Diese Worte aus dem Mund meiner Mutter hatten etwas so Unwirkliches, als würde jemand vom Ku-Klux-Klan pazifistische Reden schwingen.

»Wer ist es?« fragte Paul, den die Vorstellung beunruhigte, nicht mehr der einzige Mann in ihrem Leben zu sein.

»Du kennst ihn nicht.«

»Wo hast du ihn denn kennengelernt?«

»Auf dem Rückflug.«

Sogleich spulte ich ihren eigenen Fragebogen ab: »Wie heißt er? Ist er Jude? Was machen seine Eltern? Wo ist er geboren? Wie alt ist er? Was ist er von Beruf? Kann er kochen?« Die beiden letzten Fragen sparte ich mir; mit sechzig würde meine Mutter keine Kinder mehr bekommen.

»Er heißt Lucien Forges, er ist Atheist, seine Eltern sind tot, er ist in Ozoir-la-Ferrière geboren, aber jetzt lebt er in Miami, er ist fünfzig Jahre alt, er arbeitet halbtags als Kellner in einem japanischen Restaurant, er kocht besser als irgend jemand sonst.«

»Aber was willst du mit einem Mann anfangen, der nicht an Gott glaubt?« rief ich.

»Dann wird er eben an mich glauben.«

»Er wohnt in Florida!«

»Im Paradies für Rentner!«

»Er ist zehn Jahre jünger als du!«

»Das ist doch mein Glück, daß er nicht zehn Jahre älter ist!«

»Er ist bloß Kellner!«

»Na und? Habe ich nicht mein ganzes Leben damit zugebracht, euch zu bekellnern? Endlich habe ich einen Mann kennengelernt, der mit seinen zehn Fingern etwas anzufangen weiß; euer Vater hat es in vierzig Jahren Ehe nie geschafft, einen Teller zu tragen.«

»Er wird dir Sachen zu essen geben, die nicht koscher sind!«

»Na und, die wollte ich immer schon mal probieren!«

»Hat dir dein Psychoanalytiker diese Ideen in den Kopf gesetzt?« wollte ich wissen.

»Mein Psychoanalytiker? Den habe ich doch bloß ein einziges Mal gesehen.«

»Wie bitte?« rief mein Bruder entrüstet. »Aber eine Sitzung reicht nicht aus!«

»Dieser Mann hat mir gestanden, daß er selber eine Analyse durchmacht. Ich werde doch nicht fünfhundert Francs pro Woche zahlen, damit mir jemand zuhört, der noch kränker ist als ich! Ich finanziere ihm doch nicht seine eigene Psychoanalyse!«

»Dann sind es also meine Manuskripte gewesen, die dich so verändert haben?«

»Pah!« machte meine Mutter, zog einen karminroten Lippenstift aus der Tasche und strich sich damit über die Lippen.

»Was ist bloß los mit dir«, schrie mein Bruder, »du bist ja verrückt geworden!«

»Ich bin verliebt«, meinte sie kokett.

»Du hast ihn nur wenige Stunden gesehen, wie solltest du ihn da kennenlernen können?«

»Mit eurem Vater habe ich vierzig Jahre zusammengelebt, aber eins kann ich euch versichern, gekannt habe ich ihn nicht.«

»Also wirklich, ich begreife das nicht! Wie hat er es geschafft, dich zu verführen, wo du doch niemals mit fremden Männern sprichst?«

»Im Flugzeug mußte ich anfangen zu weinen, und da hat er mir ein Taschentuch hinübergereicht.«

»Du hast dich in diesen Mann verliebt, weil er dir ein Papiertaschentuch gereicht hat?«

»Er hat mir auch einen Tee angeboten und seine Decke gegeben.«

»Und das ist alles?«

»In all den Jahren, die ich mit eurem Vater und euch gelebt habe, hat nie jemand wissen wollen, ob mir warm oder kalt war, ob ich mich traurig oder froh fühlte, ob ich müde oder krank oder in Form war. Ihr habt euch immer nur um euch selbst gesorgt, und ich hatte keinen Augenblick Ruhe. Wie lange ist es her, daß ihr mal liebevoll zu mir wart? Mein Leben ist kein Schmierzettel, und so eine Chance will und kann ich nicht ungenutzt lassen.«

Ihr Monolog war plötzlich beherrscht und klar gegliedert. Sie erhob sich abrupt und ging auf ihr Zimmer. Wir waren fassungslos. Sie verriet ihre Werte und innersten Überzeugungen, warf die Erziehung, die sie von ihren Eltern mitbekommen und an uns weitergereicht hatte, einfach ab, spottete über unsere Regeln, verstieß gegen die Gesetze, welche sie selbst erlassen und uns mit ihrer Autorität aufgezwungen hatte. Sie sprengte ihre Ketten, aber wir, die ohnmächtigen Zuschauer ihrer Befreiung, waren in den unseren weiterhin gefesselt.

»Welch blöde Idee, unsere Mutter mit sechzig noch zum Psychoanalytiker zu schicken!« rief ich. »Ich nehme an, er hat großartige feministische und humanitäre Reden geschwungen über das Recht jedes einzelnen auf Selbstbestimmung.«

»Wie kannst du es wagen, mir solche Vorwürfe zu machen!«

»Weiß Gott, welche Flausen der Arzt Mutter in den Kopf gesetzt hat! Und alles ist deine Schuld!«

»Du bist genauso schuld! Wie kann man eine Frau, die nicht weiß, was ein Orgasmus ist, erotische Romane lesen lassen?«

»Was soll aus uns werden? Wir können sie doch nicht mit diesem Mann weggehen lassen!«

»Wir wissen so gut wie nichts über ihn.«

»Er ist zehn Jahre jünger als sie.«

»Er ist Kellner!«

»Ja, nichts weiter als ein simpler Kellner.«

»Und er hat nicht mal von Heiraten gesprochen, sondern bloß von einer Reise.«

»Er hat ihr einen einfachen Flug von Paris nach Miami in der Economy Class geschenkt, und sie hat Ja gesagt.«

»Das ist wirklich unwürdig.«

»Sie hat nicht einmal die vorgeschriebene Trauerzeit respektiert. Wir können vielleicht ein Verfahren anstrengen!«

»Nein, nein! Es gibt nichts, was sie aufhalten kann. Sie ist verliebt, mit sechzig Jahren!«

Ihren Koffer in der Hand, tauchte meine Mutter plötzlich wieder im Wohnzimmer auf. »Ich muß jetzt los«, murmelte sie, »Lucien wartet auf mich.«

Sie hatte sich mit Parfüm eingesprüht, der ganze Körper schien von ihrem Duftwasser getränkt zu sein. Dann ging sie fort und hinterließ eine Duftwolke, die ich tief einsog, um mir die Erinnerung an diesen Geruch zu bewahren.

Sollten wir über sie richten, sie verdammen, sie verstehen? Wir wußten es nicht. Elternpsychologie wird in keinem Lehrbuch behandelt.

Paul kehrte zu Frau und Tochter nach New York zurück – er wählte die Rückkehr zu den Werten der Familie.

Die Abreise meiner Mutter zerstörte mich am Boden. Plötzlich stand ich allein da, frei und unabhängig, wie ich es mir immer gewünscht hatte, aber nun lernte ich aus eigener Erfahrung, daß man mit sich selbst noch schlechter zusammenlebt als mit anderen Menschen. Drei Tage und Nächte schlief ich nicht; ich nährte mich bloß von Brot und Wasser. Ich rief bei Jules an, aber eine Frauenstimme verkündete mir kalt, daß unter dieser Nummer kein Anschluß mehr existiere. Ich fühlte mich total hilflos und verloren. Mein Leben hatte keinen Sinn mehr. Ich schleuderte mir selbst unzählige heftige Beschimpfungen entgegen. Blöde Kuh! Unfähig, eine Liebesbeziehung zu bewältigen! Nichtsnutzige Person! Egoistisch! Jämmerlich! Eine Idiotin! Völlig untauglich! Eine alte Jungfer! Und so ungeschickt! Doch bevor mich meine Nichtigkeit völlig in den Abgrund reißen konnte, griff ich mir eine Rasierklinge und eine große Reisetasche. Ich beschloß, meiner Einsamkeit und diesem Leben ein Ende zu setzen.

SUCHANZEIGE

Ein Gemälde von Samuel Hirszenberg, das *Bildnis eines jungen Mannes*, ist gestern abend während einer Benefizveranstaltung für die von den Nazis während des Zweiten Weltkriegs geplünderten jüdischen Bürger aus dem Museum für jüdische Kunst und Geschichte entwendet worden. Ein Individuum von weiblichem Geschlecht soll am Schauplatz des Diebstahls mit einer Plastetüte gesehen worden sein. Die Person wird folgendermaßen beschrieben: kurzes braunes Haar, Alter 28 bis 30 Jahre, groß, heller Teint. Wer zu diesem Vorfall Angaben machen kann, wird gebeten, die Polizeidienststellen zu verständigen.

Die Flucht

Théodore! Nur bei ihm konnte ich in Sicherheit sein! Wer würde eine Frau schon bei dem Mann suchen, von dem sie sich hat scheiden lassen?

»Emma!« rief er bei meinem Anblick in einem Ton, der seine Freude verriet. »Ich hatte nicht erwartet, dich wiederzusehen.«

»Ich muß mich verstecken«, sagte ich und huschte in seine Wohnung.

»Komm rein! Ich freue mich, daß du wieder da bist«, brachte er mit einiger Mühe hervor.

Seit unserer Scheidung hatte er sehr abgenommen. Mit diesem abgezehrten Körper, diesem blutleeren Gesicht ähnelte er seinem Vater.

»Wie ich sehe, bist du gesund geworden«, sagte ich lächelnd.

»Ich bin bei einem Logopäden in Behandlung, bei einem Psychoanalytiker, einem Neurologen, einem …«

»Pst!« machte ich. »Théodore, hör mir zu, ich brauche deine Hilfe, ich werde von der Polizei gesucht.«

»Von der Polizei?« wiederholte er.

»Ja«, entgegnete ich und drückte das Gemälde fest an mich.

Sein Blick verfinsterte sich. Er rieb seine Hände an der Hose und vergewisserte sich, ob sein Hosenstall zu war.

»Was versteckst du da?« wollte er wissen.

»Nichts.«

»Zeig mir, was du da hast«, sagte er.

»Nein.«

»Zeig her, oder ich …«

Er zerriß die Folie, die das Bild bedeckte. Das Gesicht des

Jungen Mannes wurde sichtbar. Und ein Dialog, den es schon einmal gegeben hatte, als ich seinen literarischen Plünderungen auf die Spur gekommen war, spulte sich von neuem ab.

»Wo hast du das Bild her?« fragte er.

»Ich habe es gekauft.«

»Du hast es gestohlen.«

»Ja, und wennschon, ich tue damit nichts Böses.«

»Wie bitte? Du eignest dir das Gemälde eines anderen an und sagst nicht einmal, wer der rechtmäßige Besitzer ist!«

»Ich füge niemandem einen Schaden zu. Der Maler ist längst tot.«

»Aber dieses Bild gehört dir nicht!«

»Die Kunst gehört der Allgemeinheit.«

»Du stiehlst ein Bild, das andere gemalt und erworben haben!«

»Na und wennschon! Malerei sollte zu einer gemeinnützigen Sache erklärt werden; die Sozialversicherung würde einem die Kosten für einen Bilderkauf erstatten. Hat denn Malerei keine therapeutischen Wirkungen?«

»Wenn deine Mutter bloß wüßte, daß du noch verrückter bist als sie!«

»Ich verbiete dir, so etwas zu sagen!« brüllte ich. »Glaubst du, daß es leicht war, sich ihr tägliches Gejammer anzuhören? ›Ich sterbe‹, ›ich habe Rückenschmerzen‹, ›jede Nacht muß ich hoch, um Pipi zu machen‹, ›ich habe Hämorrhoiden‹, ›ich habe wäßrigen Durchfall‹, ›der Unterleib tut mir weh‹, ›ich verliere Blut‹, ›ich habe Verstopfung‹, ›alles ist entzündet‹, ›ich habe Sodbrennen‹, ›alles wegen meiner Organsenkung‹. Es reicht! Sie soll aufhören mit ihrem Gewimmer! Und ihre Vorwürfe: ›Diese Tochter ist eine Schande! eine Schmach für die Familie! dreißig Jahre und noch nicht verheiratet!‹ Begreifst du denn nicht, daß mir die Kunst erlaubt, dieses Leben zu ertragen? Dieses Porträt wirkt wie ein Antidepressivum, ich betrachte es, und hopp! gleich fühle ich mich besser.«

Er stürzte auf mich zu, packte mich beim Jackenaufschlag

und schüttelte mich: »Sag mir, daß du das Bild nicht gestohlen hast!«

Er faßte mich bei den Handgelenken. Ich versuchte, mich seinem Griff zu entwinden.

»Nun also? Sag endlich was!«

Théodore löste seine Umklammerung, um zu prüfen, ob sein Hosenschlitz geschlossen war, dann rieb er seine Hände gegeneinander. »Wenn du nichts sagst, zeige ich dich an.«

Ich schaute ihn mit weit aufgerissenen Augen an. So stand ich eine ganze Weile da, ganz erstarrt und mit halboffenem Mund.

»Also was?« fragte er.

Aber ich konnte kein einziges Wort herausbringen.

»Den Rest kennen Sie ja.«

Ich hole tief Luft. Der Mund ist mir ausgetrocknet, von der Anstrengung ganz verformt, wie der Körper einer Frau, wenn er das Neugeborene ausgestoßen hat. Der Anwalt, den sie mir zugeteilt haben, schaut mich unverwandt an. Sein Blick zwängt mich schlimmer ein als ein Paar Handschellen. Er ist ein Mann, der ungefähr 1,95 Meter mißt; sein Gesicht ist glattrasiert, kantig und von vielen geplatzten Äderchen durchzogen. Sein Schädel ist so glatt wie ein blankpoliertes Glas, nur an den Schläfen wurzeln noch ein paar Haare. Er trägt einen Zweireiher, eine Krawatte mit geometrischen Mustern und ein Hemd, das am Kragen abgescheuert ist. Seine Füße kann ich nicht sehen, aber ich stelle mir vor, daß sie in zu enge Schuhe gezwängt sind. Ich weiß nicht, ob er mir zugehört hat oder ob er vor sich hin döste, während ich sprach. Er klagt über die Kälte, die Enge dieses Raumes, wettert gegen den Justizminister und gibt mir zu verstehen, wie sehr ihn die Arbeit anödet, zu der man ihn verpflichtet hat. Verlangt man doch von ihm, gegen ein lächerliches Entgelt eine mittellose Klientin zu verteidigen: er soll eine Liebesheirat eingehen, wo er doch immer von einer Geldheirat geträumt hatte.

»Das alles erklärt noch nicht, weshalb Sie das Gemälde gestohlen haben«, sagt er und zieht aus einer Papiertüte das *Bildnis eines jungen Mannes* als Reproduktion.

Mein Herz beginnt wild zu hämmern; es springt auf und ab. Ich greife nach dem Foto, um es aus der Nähe zu betrachten, aber der Anwalt zieht es weg und steckt es wieder in seine Tüte.

»Ich höre.«

Wenn er spricht, kommt es mir vor, als rollte ein kleiner Gegenstand aus Metall in seinem Mund hin und her.

»Ich habe nichts hinzuzufügen, ich habe Ihnen die Fakten ja schon dargelegt: ›An meinem dreißigsten Geburtstag entdeckte ich mit Schrecken, daß meine Mutter sterblich war: das Geheimnis der Familie war nun gelüftet. Ich saß morgens gegen acht in meinem Zimmer und las, als sie zu mir hereingestürzt kam; sie brüllte herum (Schreien war mittlerweile ihre einzige Ausdrucksform); sie beschwor die Seele ...‹«

»Genug! Diese Version habe ich schon an die zwei Stunden gehört, jetzt will ich keine Zeit mehr verlieren.«

»Eine andere habe ich nicht.«

»Es wird unmöglich sein, Sie zu verteidigen: Sie werden als geistig und emotional labile Frau beschrieben.«

»Das stimmt nicht!«

»Sie haben sich gefühlsmäßig an eine virtuelle Person gebunden, weil Sie nicht dazu imstande sind, unter wirklichen Menschen zu leben!«

Und er richtet seinen rechten Zeigefinger auf mich, als wollte er ihn mir ins Auge bohren.

»Sie sind unbefriedigt, entscheidungsschwach, bösartig, unkontrollierbar ...«

»Schweigen Sie!«

»Kleptomanisch, mythomanisch, lasterhaft, manipulatorisch.«

»Ich verbiete Ihnen, mir ...«

»Haben Sie Ihre Mutter nicht dazu getrieben, das elterliche Heim zu verlassen?«

»Sie war es, die ...«

»Sind Sie nicht für die beiden Herzinfarkte verantwortlich, die sie beinahe das Leben gekostet haben?«

»Also wirklich, sind Sie mein Verteidiger oder ein Staatsanwalt?«

»Bei der Summe, die mir das Ministerium dafür zahlt, sollte ich es ablehnen, Sie zu verteidigen!«

»Warum haben Sie dann Ja gesagt?«

»Ich habe überhaupt nicht Ja gesagt, das Gesetz zwingt mich dazu.«

»Hören Sie, ich verspreche Ihnen, daß ich Sie bezahle, sobald die Umstände es mir erlauben.«

»Das sagen alle Klienten.« Er streicht über seinen kahlen Schädel und seufzt: »Anwälte müssen die schlimmsten Ungerechtigkeiten erdulden.«

»Das tut mir aufrichtig leid.«

Ich hoffe, daß ihn mein Mitgefühl besänftigt, aber er nimmt sein Verhör wieder auf; ich lasse seinen juristischen Eifer klaglos über mich ergehen.

»Sind Sie nicht bis zum Alter von dreißig Jahren ledig gewesen?«

»Na und?«

»Haben Sie nicht ein ehebrecherisches Verhältnis gepflegt?«

»Was hat das mit …«

»Leiden Sie nicht an sexuellen Abartigkeiten?«

»Nein!«

»Haben Sie sich nicht nach einem Monat Ehe wieder scheiden lassen?«

»Mein Mann war psychisch gestört.«

»Sind nicht vielmehr Sie außerordentlich gestört, Mademoiselle Blum?« setzt er hinzu und spricht die ersten Buchstaben meines Namens so langsam aus, daß sich vor seinem Mund eine Speichelblase bildet und auf seiner Oberlippe zerplatzt. Er wischt sich mit dem Handrücken über den Mund und starrt mich weiter unverwandt an.

»Mein geschiedener Mann litt unter Ticks und Zwangsstörungen, unter …«

»Warum sind Sie dann mit dem Gemälde zu ihm gegangen?«

»Ich wollte mich einfach nur verstecken.«

»Das erzählen Sie mal dem Richter!«

Er wirft mir einen finsteren Blick zu, in dem der ganze Groll steckt, den seine Bestellung zum Pflichtverteidiger in ihm ausgelöst hat. Dann steht er abrupt auf und ruft: »Begreifen Sie doch, kein Mensch wird Ihnen Ihre Geschichte abnehmen!«

Er verschwindet ohne ein Wort des Abschieds und schlägt die Tür hinter sich zu. Ich schreie, ich hämmere mit den Fäusten gegen die weißen Wände, die sogleich in sich zusammenstürzen. Es sind nur Wände aus Papier. Ich werde eingekreist von schwarzen Buchstaben, die Spitze einer Schreibfeder richtet sich drohend auf mich, Ausrufezeichen stellen sich wie die Gitterstäbe eines Käfigs vor mir auf. Ich spüre, wie eine Angst in mir aufquillt. Jetzt habe ich alles begriffen. Wie der junge Mann auf dem Gemälde, das ich gestohlen habe, bin auch ich nur ein Modell, eine simple Romangestalt, welche die Phantasie eines Autors gezeugt hat – sind nicht wir alle dazu verurteilt, in der Abhängigkeit jener Menschen zu leben, die uns in die Welt gesetzt haben? Ich schreie lauter und lauter, aber niemand hört mich. Ich bin den weißen Seiten in die Falle geraten. Gefangen in einem Buch.

Kleine Anthologie
aus dem Zitatenschatz des Théodore Gerszterkorn

Ein hübsches Mädchen sollte sich immer nur ums Bumsen kümmern und nie ums Kinderkriegen.

Marquis de Sade, *Die Philosophie im Boudoir.*

Ich habe schmutzige Hände. Bis zu den Ellenbogen. Ich habe sie in Scheiße getaucht und in Blut. Und wenn schon! Bildest du dir ein, man könnte regieren und unschuldig bleiben?

Jean-Paul Sartre, *Die schmutzigen Hände.*

Ich habe nie die Schultern einer jungen Frau sehen können, ohne gleich daran zu denken, eine Familie zu gründen.

Valéry Larbaud, *Tagebuch eines Milliardärs.*

Die Ehe ist der wahre Stand, der Thron der Frau.

Jacques Audiberti, *Der Lauf des Bösen.*

Allein ist man immer in schlechter Gesellschaft.

Paul Valéry, *Die fixe Idee oder Zwei Männer am Meer.*

Liebe ist das Stückchen Unendlichkeit, das jeder Dackel erreichen kann.

Louis-Ferdinand Céline, *Reise ans Ende der Nacht.*

Zwischen den Frauen und mir gibt es immer einen Blitzverschluß, der klemmt.

Woody Allen.

Man liebt schon, wenn man sich lieben läßt.

Henry de Montherlant, *Erbarmen mit den Frauen.*

Kunst ist in meinen Augen nur etwas wert, wenn sie der Ausdruck einer Moral ist. Alles andere ist Dekoration.

Jean Cocteau, *Die Schwierigkeit zu sein.*

Eine der großen Regeln der Kunst: man soll sich nicht zu lange aufhalten.

André Gide, *Tagebuch 1889–1939.*

Die Religion [...] ist das Opium des Volks.

Karl Marx, *Zur Kritik der Hegelschen Rechtsphilosophie.*

Wenn der Atheismus Märtyrer braucht, soll er es sagen; mein Blut ist bereit!

Marquis de Sade, *Die neue Justine.*

Die Heirat ist wie ein Pfropfreis, mal wächst es gut an, mal schlecht.

Victor Hugo, *Die Elenden.*

Madame, zu Euren Füßen, im Schatten, liegt ein Mann,
Der Euch liebt, verloren in der Nacht, die ihn umfängt,
Und wie er leidet – armer Wurm, verliebt in einen Stern.

Victor Hugo, *Ruy Blas.*

Die Zukunft des Mannes ist die Frau
Sie ist die Farbe der Seele
Sie ist sein Rauschen und sein Lärm
Und ohne sie ist er nur Blasphemie
Nichts als ein Kern ohne die Frucht
Sein Mund bläst einen wilden Wind
Sein Leben gehört den Abgründen
Und seine eigne Hand zerstört ihn

Louis Aragon, *Elsas Narr.*

Mit dir unter dem Auge Gottes schlafen? Nein, von Gruppensex halte ich nichts.

Jean-Paul Sartre, *Der Teufel und der liebe Gott.*

Zuneigung ist ein fades Gefühl, es ist die Liebe der lauwarmen Leute.

Paul Léautaud, *Literarisches Tagebuch.*

Und gäbe es einen, der so schändlich wäre
Mich zu verraten …

Pierre Corneille, *Cinna.*

Ich habe den Menschen vergessen, der ich einmal war. Alles hat sich verändert, seit ich dich liebe. Nicht daß die Welt sich verwandelt hätte, aber ich bin ein anderer geworden.

Julien Green, *Der Andere.*

Eine Manie ist ein Idee gewordenes Vergnügen.

Honoré de Balzac, *Vetter Pons.*

Der Liebesakt ist ein Akt ohne Bedeutung, da man ihn unendlich fortsetzen kann.

Alfred Jarry, *Der Supermann.*

Beginnen Sie eine Ehe niemals mit einer Vergewaltigung!

Honoré de Balzac, *Physiologie des Ehelebens.*

Ist die freie Verbindung zweier Liebender nicht moralischer als die rechtmäßige Verbindung zweier liebloser Wesen?

Georges Feydeau, *Die Dame vom Maxim.*

Seinen Ehemann zu lieben ist, wie einen Lieferanten zu bezahlen. Aber seinen Liebhaber zu lieben ist, als gäbe man den Armen.

Paul-Jean Toulet, *Die drei Täuschungen.*

Jedes Leben ist ein Abrißunternehmen.

Francis Scott Fitzgerald, *Der Knacks.*

Ein Liebhaber hat es leichter als ein Ehemann, weil es schwieriger ist, alle Tage Esprit zu haben, als von Zeit zu Zeit nette Dinge zu sagen.

Honoré de Balzac, *Physiologie des Ehelebens.*

Rühren Sie mich nicht an. Ich bin voller Tränen.

Henri Calet, *Bärenhaut.*

Es ist unendlich selten, daß man sich im guten trennt, denn wenn man im guten miteinander umgeht, würde man sich nicht trennen.

Marcel Proust, *Auf der Suche nach der verlorenen Zeit: Die verschwundene Albertine*

Niemals werde ich auf Erden mein Glück finden; ich bin einfach zu blöd.

Raymond Queneau, *Der verhängnisvolle Augenblick.*

Ein Sohn ist ein Gläubiger, den einem die Natur geschenkt hat.

Stendhal, *Lucien Leuwen.*

Peter Cameron
Die Stadt am Ende der Zeit
Roman
Aus dem Amerikanischen
von Oliver Wolfskehl
313 Seiten. Gebunden
ISBN 3-351-02952-7

»Eine sanfte Geschichte über die seltsame Reise des Lebens« DAILY TELEGRAPH

Der junge Literaturwissenschaftler Omar Razaghi bittet in einem Brief die Nachlaßverwalter des Schriftstellers Jules Gund um die Erlaubnis, dessen Biographie verfassen zu dürfen. Die Bitte wird ihm verwehrt. So begibt sich der Doktorand selbst nach Uruguay, um Gunds Erben umzustimmen. Doch sein Aufenthalt in dem weit abgelegenen Ort Ochos Rios ist folgenreicher als geplant. Razaghi erfährt die Geheimnisse einer exzentrischen Familie, der die Vergangenheit mehr als die Gegenwart bedeutet. Am Ende lösen sich die Erben aus ihrer Starre und verjagen die Gespenster des Gestern. Und auch Omar gibt seinem Leben eine neue Richtung.

»Mysteriös, charmant und profund ... eine gebildete, etwas altmodische Liebesgeschichte.« SUNDAY TIMES

Mehr von Peter Cameron im Taschenbuch:
Damals ist ein fernes Land. Roman. 254 Seiten. AtV 1501

aufbau
VERLAG

Mehr Informationen erhalten Sie unter
www.aufbau-verlag.de oder von Ihrem Buchhändler